따스한 햇볕이 비치는 창가에 서서

따스한 햇볕이 비치는 창가에 서서

김장실

저자의 말

창문을 엽니다.

이제 가을로 접어들면서 아침 공기가 참 상쾌하고 맑습니다. 마당에는 벌써 부지런한 참새들이 모여 재잘거리고 있습니다. 아직 설익은 감나무에도 까치가 앉아 풍요의 계절을 노래합니다. 이와 대조적으로 대중매체는 오늘도 국제 경제와 정치 상황의 악화 등 세상의 어려움을 얘기하고 있습니다.

바람이 붑니다.

상쾌한 바람이 불어와 잠시 뉴스로 침울한 분위기를 바꿉니다. 사람이 사람답게 사는 세상을 만들어야겠다는 오래된 다짐을 다시 떠올리게 합니다.

햇살이 비칩니다.

눈부신 태양의 광선이 제 머리와 얼굴에 비칩니다. 현명한 사고로 미래를 준비하라는 신호를 느낍니다. 코로나 사태로 아직도 힘겨워하는 자영업자들과 아르바이트 자리가 없어 학자금을 조달하지 못하고 휴학하는 청년들의 모습을 생각합니다. 그들이 뜻하는 일들을 성취할 수 있도록 성심을 다해야겠습니다.

문을 나섭니다.

가야 할 길을 가는 것은 누구에게나 숙명입니다. 그 길 끝에는 무엇이 있을지 모르지만 성심을 다하여 매진해나가는 진심이 있어야 합니다. 진심은 통하는 것이라는 단순한 진리를 믿고 뚜벅뚜벅 걸어갑니다. 사람을 생각하고 사람을 믿으며 걸어온 인생, 발끝에 힘을 더 주어 봅니다.

국민이 편안해야 합니다.

문명사를 오래 공부해 보니 현명한 지도자가 있다면 시절이 어떠하여도 국민은 편안할 수 있다는 것을 알게 되었습니다. 사유의 힘과 설득의 마력을 지닌 지도자는 국민을 편안하게 합니다. '안녕하세요?'를 매일 물어야 했던 과거의 불안함을 이제는 버려야 합니다. '행복한 인생입니다.'가 인사말이 되도록 해야 합니다.

국가가 부강해야 합니다.

처참하게 가난했던 어린 시절을 생각해 보면 부강하다는 것이 얼마나 중요한지를 절감합니다. 국가의 부강함이 국민을 행복하게 이끕니다.

오늘 아침 집을 나서며 생각한 것들입니다.

오랜 기간 행정가로 정치인으로 숨 가쁘게 달리다 보니 가슴이 답답하고 힘든 일도 있었지만 넓게 사람을 본다는 생각에 힘든 줄 모르고 지내온 것 같습니다. 그러던 중 바쁜 시간을 조금은 뒤로 물리고 주변인과 더 넓게는 국민을 바라보는 시간이 최근 몇 년간 있었습니다. 저는 이 시간이 아주 값지게 생각되어 많은 분과 소통을 위한 만남을 많이 가졌습니다. 사람을 만나고 느끼고 배우며 참 인생을 맛보는 시간이었는데 코로나 사태가 가로막았습니다. 고민하다가 페이스북으로 자리를 옮겨 이야기를 나누었습니다. 페이스북이라는 온라인상의 대화는 격의 없이 더 깊은 얘기를 나눌 수 있었고 사람 사는 세상의 희로애락을 현실적으로 알게 되는 시간이었습니다.

어떤 분이 들려주는 질곡의 사연을 듣노라면 가슴이 먹먹해지며 눈물이 앞을 가리기도 했습니다. 잘 아는 분도 아닌데도 그분의 얘기는 연민의 정을 끌어내었고 어떻게든 힘을 드리고 싶었습니다.

살다 보면 아픈 일도 있을 수 있습니다. 아픔이 오는 시간을 잘 기다리며 견뎌내고 희망의 시간을 만들기 위함이 인간다움이라고 생각합니다. 그런 고통을 극복하는 과정에서 저는 사물을 응시하는 사유의 시간을 많이 가지게 되었습니다.

코로나 사태가 많은 것을 파괴했지만 사유와 사색의 힘을 갖고 더 당당하게 살아갈 수 있는 지혜를 준 것은 분명한 것 같습니다.

저는 이 책을 통해 독자 여러분이 힘을 얻길 바랍니다. 나를 돌아보고 주변을 관찰하며 사유의 힘을 얻는다면 언젠가 해법도 찾게 됩니다. 우리는 슬기롭고 현명한 사람들입니다.

세계인의 감탄을 자아내는 지금 대중문화 한류는 30여 년만에 전 세계인을 감동시키고 있습니다. 그 급속한 확산의 바탕에는 유유히 흐르는 정신 문화와 생활문화가 있기에 가능하다고 봅니다.

세계는 우리의 눈부신 경제발전과 문화발전에 감탄을 이어가고 있습니다. 그들의 부러운 눈동자는 한국인의 삶 자체로 이어질 것이고 이는 전 세계인이 지향하는 '정신 문화 한류'로 거듭될 것 같습니다.

문화의 변화, 발전은 시대 환경에 따라 나타납니다. 세계는 코로나 팬데믹과 러시아·우크라이나 전쟁, 경제적 시련에 직면해 있습니다. 세계적 고통의 시대에서 대한민국은 더욱 많은 사람들로부터 주목받고 있습니다. 우리는 상생을 원칙으로 하여 IMF를 극복했고, 어디를 가도 공중도덕을 지켜 깨끗하고 아름다우며, 밤거리를 다녀도 걱정이 없는 나라입니다. 그들의 말로는 유토피아가 현실에 존재한다고 합니다. 우리는 문명사적 변화 속에 주목받는 대한민국을 미래의 자산으로 만들어야겠습니다. 그들이 원하는 대한민국을 보여주고, 그들이 원하는 대한민국에서 즐겁게 지낼 수 있도록 해야 합니다. 5천 년을 이어온 우리의 전통문화와 세계를 리드하는 대중문화, 그리고 첨단산업의 기술력까지 무장된 대한민국을 그들이 맛볼 수 있도록 해야 합니다.

이 책자가 나올 때까지 많은 분들의 도움이 있었습니다. 특히, 삽화를 그려준 한성대 전완식 교수와 어려운 여건 속에서 출판을 허락해준 선출판사 김윤태 사장님 그리고 교정과 편집디자인을 책임진 김창현 실장과 서윤조 실장께 감사드립니다.

마지막으로 저를 내조해온 집사람과 사랑스런 아이들에게 한없이 고마운 마음을 전합니다.

깊어가는 가을, 사색의 힘으로 우리의 찬란히 빛나는 정신 문화를 더욱 빛나게 할 수 있는 스스로를 만들어야겠습니다.

건승하시고 행복한 인생이 되시길 바랍니다!

2022. 10
김장실

차례

III. 처세

IV. 예술

V. 사색

VI. 회상

PART 01
관심

01 사람의 빈자리

태풍이 지나간 하늘,
구름 한 점 없이 깨끗함과 청명함.

사람들의 발걸음은 추석 연휴를 앞둬서인지 바쁘게 움직이고 있습니다. 사뭇 부산하게도 느껴지는 도로의 사정과 정체된 차량의 모습이 '명절은 명절이구나' 하는 생각을 하게 됩니다.

지인과 식사를 마치고 귀갓길의 풍경이 평소와 다름에 주변을 둘러보는데 익숙한 점포에 붙은 문구가 눈에 들어왔습니다.

우리은행 혜화동 지점 뒤편에 있는 구두수선집에 걸린 "개인 사정으로 당분간 쉽니다."라는 고지문을 보는 순간 가슴은 먹먹해졌습니다.

종로구 구기동에서 살다 10여 년 전 혜화동으로 이사 와서 단골이 된 점포. 저는 이곳 사장님의 손길로 구두를 잘 신을 수 있었습니다. 반짝반짝하게 닦아주거나 밑창을 갈아주는 그분의 손길을 바라보며 흐뭇한 미소를 지었던 많은 기억이 스칩니다. 멈춘 발걸음

속에 상념이 들어옵니다. 이름도 모르는 분이지만 10여 년간의 정이어서인지 그가 3개월 이상 점포를 열지 못함이 걱정되었습니다.

혹시 건강에 이상이 있는 것은 아닐까? 그의 건강과 안녕이 염려스러웠습니다. 그의 생각이 깊어지면서 다른 단골가게에 대한 관심도 커졌습니다. 혜화동 로터리에 있는 우체국에서 혜화초등학교 방향으로 조금 올라가면 '문화이용원'이 있습니다. 이곳도 지난 10여 년 동안 매달 한 번씩 이발하는 곳인데 이곳에도 "개인 사정으로 며칠 가게를 닫습니다."라는 글이 게시된 지 몇 달이 지났습니다.

연세가 팔순이 훨씬 넘은 이곳 이발사님은 현대가의 정주영 회장님 등 예전 유명 인사들의 이발을 많이 했던 경력자라서 정치나 사회 현안에 관심도 많고 의견도 많으셨습니다. 그의 의견 속에 담긴 자부심과 국가에 대한 사랑 등을 얘기했던 기억이 납니다.

이발소 앞에 멈춰선 나에게 다가온 감정을 생각해 봤습니다. 저명한 사회심리학자 에리히 프롬은 그의 저서 《사랑의 기술the art of loving》이라는 책에서 사랑을 관심이라고 정의했습니다.

또한 1960년대와 1970년대 전 세계 청춘남녀를 뜨겁게 달구었던 프랑스의 유명한 소설가 프랑수아즈 사강은 그녀의 소설 《슬픔이여 안녕》에서 사랑을 "그 어떤 존재에 대한 강한 부재감을 느끼는 것"이라 했습니다.

10여 년의 세월,
그들의 미소, 그들의 손길.
저는 정을 받고 정을 주었던 시간 속에 쌓은 사랑을 느꼈습니다. "든 자리는 몰라도 난 자리는 안다."는 옛말처럼 난 자리의 허전함이 가슴에 밀려옵니다.

한민족 최고의 명절. 저는 추석을 앞두고 그분들의 안녕을 조용히 빌어봅니다. 그리고 건강하게 일터로 다시 돌아와 종전처럼 미소 띤 얼굴로 자부심 넘치는 말들을 하는 그들의 목소리를 듣고 싶습니다. 아무 일도 없었다는 듯이…….

02 초가을의 기도

성큼 다가온 가을. 유난히 높은 하늘은 맑고 깨끗합니다. 여름 내내 무성했던 푸른 나뭇잎과 담쟁이넝쿨이 노랗게 물들기 시작합니다. 소슬바람이 아침저녁으로 불어와 나그네의 외로움을 더해 주는 비감마저 듭니다.

불현듯 밀려오는 쓸쓸한 감정.

마치 대추나무에 연줄 걸리듯 얽히고설킨 힘든 일이 연속으로 다가오면 삶이 너무 힘들고 아득하다는 생각마저 듭니다. 그러나 외면하거나 포기할 수는 없습니다. 정면으로 극복하는 것은 더더욱 어려워 누군가에게 조언을 구해 보지만 내가 원하는 답을 속이 시원하게 얻을 수가 없습니다.

결국 고독을 씹으며 진지하게 자신의 내면을 성찰하는 가운데 스스로 해결책을 구할 수밖에 없습니다. 그래서 이 계절에는 천지신명께 "어리석은 우리들을 잘 이끌어주는 지혜를 주십시오." 하는 기도가 필요합니다.

김현승 시인은 〈가을의 기도〉라는 시를 통해 이를 설파하고 있습니다.

가을의 기도

가을에는
기도하게 하소서
낙엽들이 지는 때를 기다려
내게 주신
겸허한 모국어로 나를 채우소서.

가을에는
사랑하게 하소서
오직 한 사람을 택하게 하소서
가장 아름다운 열매를 위하여
이 비옥한
시간을 가꾸게 하소서.

가을에는
호올로 있게 하소서
나의 영혼,
굽이치는 바다와

백합의 골짜기를 지나,
마른 나뭇가지 위에 다다른
까마귀같이.

　여러분! 힘들고 고단하지만 떨구어진 고개를 드는 용기부터 내
십시오. 저 산등성이를 넘어 살짝 불어오는 바람에 흔들리는 코스
모스가 가까이 다가오라며 손짓합니다. 이 꽃이 지고, 날이 갈수록
가을은 저 멀리 사라질 것입니다. 아울러 속절없이 가는 시절 때문
에 감상적인 우수도 깊어질 것입니다. 이처럼 아름답지만 고독한 이
시절에 김 시인의 말처럼 홀로 진지하게 기도하며, 강한 삶의 의지
로 시시각각 다가오는 어려움을 잘 극복하시기 바랍니다.

03 7월의 치자꽃 향기를 보냅니다

아름다운 대한민국을 만들기 위해서 여러 가지를 생각해 봅니다. 사색하다 보면 공직에 오래 있어서인지 자연스럽게 대한민국을 생각하는 것으로 귀결되는 경우가 많습니다. 오늘은 7월의 첫날입니다. 세월은 참 빠르게도 올해의 반을 내달렸습니다.

이달부터 본격화되는 목이 타는 살인적인 폭염과 지루한 장마가 번갈아 가며 우리를 괴롭힐 것입니다. 그러면 우리는 '언제 이 힘든 것들이 끝날까?' 하며 마음속으로 짜증을 내고, 때로는 제법 큰 소리로 불평을 할 것입니다. 하지만 작은 행복에도 기뻐하며 성실하고 감사한 마음을 멈추지 않는 사람들도 있습니다.

농부들은 뙤약볕 아래에서도 논밭 사이에 난 김을 매고 거름을 주며 자신의 일을 묵묵히 할 것입니다. 그들은 구슬 같은 땀방울을 나무 그늘 아래에서 훔치며 매미들의 합창과 어딘가에서 날아오는 치자꽃 향기에 마음을 안정시키며 감사한 마음을 낼지 모릅니다. 마음이 내키면 졸졸 흐르는 계곡 물이나 논가에 있는 웅덩이에서 발을 담그거나 몸을 씻으며 행복한 미소를 띨 겁니다.

이런 여름의 시절 환경을 잘 표현한 시가 있습니다.

이해인 시인은 이런 치자꽃을 주제로 〈7월은 치자꽃 향기 속에〉라는 시를 썼습니다.

7월은 치자꽃 향기 속에

7월은 나에게
치자꽃 향기를 들고 옵니다
하얗게 피었다가
질 때는 고요히
노랗게 떨어지는 꽃
꽃은 지면서도
울지 않는 것처럼 보이지만
사실은 아무도 모르게
눈물을 흘리는 것일 테지요
세상에 살아있는 동안만이라도
내가 모든 사람들을
꽃을 만나듯이 대할 수 있다면
그가 지닌 향기를
처음 발견한 날의 기쁨을 되새기며
설레일 수 있다면

어쩌면 마지막으로
그 향기를 맡을지
모른다고 생각하고
조금 더 사랑할 수 있다면
우리 삶 자체가 하나의 꽃밭이
될 테지요
7월의 편지 대신
하얀 치자꽃 한 송이
당신께 보내는 오늘
내 마음의 향기도 받으시고
조그만 사랑을 많이 만들어
향기로운 나날 이루십시오

여러분! 코로나 사태와 함께 다가온 여러 가지 어려움이 해결되지 않은 상태에서 여름의 기후는 우리를 더욱 힘들게 할지 모릅니다. 그러나 우리가 이 어려운 난국을 해결하기 위해서는 마음을 열고 긍정의 마음으로 세상을 바라보는 맑음이 있어야겠습니다.

이해인 시인의 말씀대로 우리가 일상적으로 만나는 사람들을 아름다운 꽃을 만나듯이 살갑게 대하시고, 설레는 마음으로 그 사람의 향기를 처음 발견한 날의 기쁨을 되새기며, 어쩌면 마지막으로

그 향기를 맡을지 모른다는 절박한 심정으로 사랑하기를 바랍니다.

이렇게 보시하는 우리의 마음이 상대방의 감동을 유발하여 다시 증폭되어 되받는 즐겁고 행복한 '무왕불복(내가 상대방에게 무언가를 보내면 다시 나에게 돌아오지 않는 것이 없다)'의 나날이 이어질 것입니다.

아무쪼록 이번 여름에는 가뭄도, 수해도 없는 풍요의 계절이 되길 기원하며, 마음을 열고 '아름다운 꽃을 만나듯이' 살갑게 대하는 좋은 기풍이 선순환을 일으키길 바랍니다.

경직되고 경계하며 사람의 온기가 차가워지고 있는 현 사회 전반에 확산되어 대한민국이라는 우리 국가 사회 공동체의 삶이 온기가 느껴지고 향기가 나는 '하나의 꽃밭'이 되는 나라가 되기를 기원합니다.

04 코로나 의료진에 대한 감사,
그리고 '살아있음'에 감사하다

점심 약속 장소인 대학로 한촌설렁탕집으로 부지런히 걸어갔습니다. 사흘간의 연휴를 맞아 많은 연인들이 다정하게 손을 잡고 얘기하며 이 거리를 다니고 있었습니다.

약속 시간에 맞추려는 저는 그 음식점에 급하게 들어가려다 반대편 가로수에 걸린 현수막을 보고는 너무 인상적이라는 생각이 갑자기 들었습니다. 빠른 속도로 걸어가던 발걸음을 이내 멈추고 휴대폰을 꺼내어 사진을 찍었습니다.

대학로 소나무길 번영회에서 내건 현수막에는 "당신, 참 애썼다. 사느라, 살아내느라. 여기까지 오느라…애썼다."라는 글귀가 있었습니다. 이렇게 투박하지만 솔직한 글이 코로나 팬데믹으로 평상시에는 상상할 수 없는 이런저런 참담한 일들을 겪은 저의 마음에 쏙 들어왔습니다.

사실 이 전염병은 14세기 유럽 전역을 강타했던 흑사병이나,

따스한 햇볕이 비치는 창가에 서서

1918년부터 1920년까지 전 세계 인구 5천여 만 명의 목숨을 앗아간 스페인독감과 버금가는 대사건입니다. 이런 세계적 대재난이 휩쓴 지난 몇 년간 우리는 정말 많은 것을 잃었으며, 크나큰 고통을 겪었습니다. 수많은 사람이 그 역병 때문에 목숨을 잃었습니다. 이와 함께 감염 위험을 줄이기 위해 사람들 간의 접촉을 피하는 바람에 전방위적으로 경제활동이 몹시 둔화하였습니다.

특히 음식·문화예술·관광·체육 등 사람들의 직접 접촉에 의존하는 사업은 망하게 되었고, 직장도 없어져 먹고사는 것이 심각한 지경에 이르렀습니다. 이런 경제적 타격 외에도 사회적 동물인 인간들 간의 대면접촉이 끊어지면서 정신적 고립감이 심화되었습니다. 이로 인해 스트레스와 우울감을 호소하는 분들이 많아졌습니다.

지난 몇 년 간 우리는 '이런 고난의 세월이 도대체 언제 끝나는가?' 하고 학수고대하며 기다렸습니다. 아직 그 전염병이 완전히 가시지 않았지만 이제 그 끝이 보이기 시작했습니다. 앞으로 정부는 이런 엄청난 위기를 겪은 사람들에게 물질적 보상은 물론이고 심리적, 문화적 치유가 포함된 종합대책을 제대로 시행하여 마무리를 잘하는 것이 중요합니다.

어쨌든 이 순간 그렇게 많은 사람들의 생명과 재산을 앗아가고,

마음을 조마조마하게 했던 이 역병이 몰고 온 엄혹한 시절을 우리는 잘도 견뎌냈습니다. 그래서 저 역시 그 많은 시련 속에서 이렇게 '살아남았다'는 것에 감사하다는 생각이 듭니다. 무엇보다 방역의 최전선에서 이 전염병과 싸운 의료진들과 살아남은 모든 이들에게 그 현수막의 글귀처럼 "참 애썼다"라는 말을 전하고 싶습니다. 감사합니다.

05 효^孝

오늘은 부처님 오신 날이자 어버이날입니다. 구름이 끼어 있는 데다 봄바람이 살랑살랑 불어 야외활동을 하기에는 안성맞춤이라는 느낌이 들었습니다.

저는 수유리 화계사에서 열린 부처님 오신 날 행사에 다녀왔습니다. 며칠 전 화계사 주지 수암 스님께서 저에게 이날 행사의 축사를 부탁하였습니다. 제가 수암 스님을 잘 아는데다, 국회의원을 하던 시절 이곳에서 축사를 한 바 있어서 즉시 수락하였습니다.

택시를 타고 좀 일찍 화계사에 도착하여 설정 조실스님(전 조계종 총무원장)을 뵙고 인사를 드렸습니다. 그 후 본 행사 순서에 따라 저는 보시 실행, 명사와의 접촉, 명상 수행 등을 통해 복을 불러들이고 화를 내쫓는 것을 강조하는 축사를 했습니다. 특히 불자들은 절에서 뿐만아니라 집이나 사무실 등 일상생활을 하면서 수행하는 것이 중요하다고 강조하였습니다. 이 과정에서 저는 매일 염송, 사경, 절 수행을 한다고 말하자 이 자리에 참석한 사부대중들이 박수를 쳐 주었습니다.

마지막으로 어버이날을 맞이하여 자식에 대한 부모님의 희생과 헌신을 제대로 설명한 《부모은중경(父母恩重經)》을 인용하며, 그들에게 효도할 것을 역설했습니다. 만약 부모님이 살아계신다면 자주 찾아뵙고, 전화라도 한 통화 더하며, 돌아가셨으면 그들의 극락왕생을 기원하는 기도를 하라고 얘기했습니다.

집으로 돌아오면서 제 스스로 하지 못한 것을 남들에게 그렇게 하라고 말한 것에 대해 부끄러운 마음이 많이 들어 가슴이 무거웠습니다.

식민지, 해방, 전쟁과 근대화라는 격동의 시기를 가난한 민초로서 어렵게 살다가 돌아가신 아버님(1975년)과 어머님(1985년). 두 분께 못다 한 것들을 생각하는 이 불효자는 참회의 눈물을 흘립니다.

06 심월상조 心月相照, 마음달이 서로 비춘다

코로나 사태로 만나지 못했던 분들을 만났습니다. 정영환 고려대 로스쿨 교수와 페친 이재봉 실장과 함께 만찬을 같이 했습니다. 정 교수와 저는 몇 년 전 이재봉 실장의 소개로 만났습니다. 그 이후 정 교수의 고향 강원도 동해안으로 여행도 같이 가고, 종종 식사도 하면서 서로의 고민을 털어놓으며 값진 우정을 쌓았습니다. 각별한 사이였음에도 최근 몇 년은 코로나 사태 등으로 만남이 소원했습니다.

최근 몇 년의 공백을 늘 아쉬워하던 우리는 코다리찜, 문어 숙회, 그리고 녹두전을 안주 삼아 막걸리에 맥주를 타서 잔을 여러 번 부딪치며 마셨습니다. 그러면서 여름날 장마철에 마른 내를 질주하는 홍수처럼 거칠게 밀려오는 홍진 세상의 일로 생긴 수많은 상처 속에 붙어있는 조그마한 훈장처럼 약간의 영광이 담긴 우리들의 고통스러운 인생사를 끊임없이 얘기했습니다.

그러나 술은 묘하게도, 단정하게 사는 것이 좋다는 엄숙한 유교 문화에 익숙한 우리들의 마음을 어느 순간 무장 해제를 하는 효과

를 발휘하였습니다. 술기운을 빌려 제 휴대폰에 장착된 노래방 어플의 반주에 맞추어 노래를 불렀습니다. 저의 독창으로 시작된 노래가 끝내 상당히 절제된 합창으로 바뀌어 식사 분위기가 제법 고조되었습니다.

돌아오는 길에는 기분이 좋아서인지 5월의 축복이어서인지 여기저기에서 싱그러운 꽃내음이 났습니다. 그들과 만남으로 느껴지는 향기라는 생각도 듭니다. 사람도 향기가 있나 봅니다. 멀리 있으나 가까이 있으나 아끼는 마음의 달을 서로 비추는(심월상조 心月相照) 것은 행복입니다.

좋은 사람들과 뜻을 나누며 지낸 오늘은 정말 1960년대 초중반 인기 드라마작가 박계형이 말한 '머무르고 싶었던 순간들'입니다.

07 가을을 남기고 간 사람들

가을이 점점 깊어가고 있습니다. 구름 한 점 없는 맑고 깨끗한 하늘은 더없이 높고, 또 푸릅니다. 덥지도 춥지도 않은 상쾌한 가을 바람이 코끝을 스치며 싱그러운 느낌마저 줍니다. 노랗게 물들기 시작한 나뭇잎들이 산야를 아름답게 단장하고 있습니다. 산을 오르며 파노라마처럼 지나가는 갖가지 진기한 모습들을 보면서 자연과 인간이 일체가 되는 신비로운 느낌마저 듭니다.

그래서 우리 조상들은 이렇게 아름답고 신성한 10월을 '시월 상달'이라고 불렀습니다. 이 시기에 그들은 새로 난 곡식을 신에게 드리는 제천의식(부여 영고, 고구려 동맹, 예의 무천 등)을 거행하였습니다.

이 좋은 계절도 이제 마지막 주만 남았다 생각하니 아쉬움이 진하게 가슴 속을 파고듭니다. 오늘 저는 아침부터 불교행사와 문화예술인 미팅에 참석하느라 바쁘게 움직였습니다. 오전 일찍 인천 가는 전철과 승용차를 타고 영종도에 있는 용궁사 대웅전 낙성식 및 부처님 점안법회 행사에 다녀왔습니다. 이렇게 큰 불사를 완성한 용궁사 주지 능해 스님을 뵙고 축하 인사를 드렸습니다.

그런 연후에 곧바로 북한산 정릉계곡에 있는 심곡암 산사음악회에 갔습니다. 대웅전에서 부처님을 참배한 후에 절에서 제공한 쌀국수와 떡으로 가볍게 점심을 먹었습니다. 곧이어 주지스님 방에서 중앙승가대 교학국장 지월 스님, 남태헌 산림청 차장, 인기가수 장사익 등 여러 인사와 가볍게 담소를 나누었습니다.

그 후 국악·클래식·가요 등 여러 장르가 섞여 있는 산사음악회장으로 이동하였습니다. 다양한 예술 분야에서 이미 이름을 날린 예인들의 멋진 공연을 박수를 치며 즐겼습니다. 특히 원경 주지스님이 공연에 참여한 소프라노와 같이 부른 〈좋은 인연〉이라는 노래가 너무 좋았습니다.

그런 밝고 좋은 인연을 생각하며 급히 공연 도중 행사장에서 빠져나와 미대사관 근처의 커피숍에서 성악을 전공한 음대 교수님들을 만났습니다. 서울대 성악과를 졸업하고, 외국 유학을 한 한국 문화예술계의 보물들과 한국 클래식 예술의 향후 발전 방향 등을 논의했습니다.

우리는 이렇게 여러 인연으로 만났다 그 인연이 다하면 헤어집니다. 만나는 인연을 소중히 여겨 알뜰하게 가꾸면 반드시 좋은 결

과로 귀결된다고 봅니다.

　이처럼 아름다운 계절에 오늘 뜻깊은 행사장과 일터에서 만난 분들은 바로 저에게 오래도록 기억될 '가을을 남기고 간' 소중한 사람들입니다. 사람이 소중하다는 느낌을 크게 키워주신 여러분께 감사의 마음을 전하며 그분들이 가능한 한 잘 되도록 도와드리고, 기원하는 마음으로 살아가렵니다.

08 어디서 무엇이 되어 다시 만나랴

인생은 만남의 연속입니다. 우리는 어머니 뱃속에 수태되는 순간부터 죽을 때까지 수많은 사람을 만나고 헤어지게 됩니다.

우리가 살아가면서 좋은 사람을 만나면 성공합니다. 그러나 사람을 잘못 만나면 패가망신하게 됩니다. 그래서 어떤 사람을 만나느냐에 따라 인생의 성공과 실패가 결정됩니다.

우리의 삶에서 다른 이와의 만남이 이처럼 소중하지만, 내가 원한다고 다 좋은 사람을 만나는 것은 아닙니다. 불가에서는 인연에 따라 사람이 오고 간다고 합니다. 그래서 좋은 인연을 지으면 좋은 만남이 이루어지고, 나쁜 인연을 지으면 나쁜 만남을 피할 길이 없습니다.

저는 요즘 여러 곳을 다니면서 많은 사람들을 만났습니다. 특히 며칠 전 단양 구인사에서는 2000년대 중반 문화체육관광부 종무실장 시절부터 알았던 원로회의 의장 정산 스님, 종회의장 무원 스님 등을 다시 뵙게 되었습니다. 그리고 이틀 전 하동 와룡사 주지 성관 스님을 뵙고, 부산으로 가서 대학 선배인 황보헌수 회장님과 고교 동기인 박충남 의원과 만나 즐거운 저녁자리를 가졌습니다. 어제는 안성 영평사에서 불교교학과 한국불교 세계화에 선구적 업적을 남기신 서경보 스님 행적비 제막식에서 여러 대덕 큰스님들을 새롭게 뵈었습니다.

시간의 흐름에 따라 이분들 중에 더욱 돈독한 사이로 발전되기도 하고, 또 그렇지 못한 경우도 있을 것입니다. 마치 밤하늘에 별이 총총히 떠 있다 낮이 되면 사라지는 것처럼 시절인연에 따라 왔다가 어느덧 소멸할 것입니다.

이런 생각을 하다 갑자기 김광섭 시인이 1969년 《월간중앙》에 발표한 〈저녁에〉라는 시의 마지막 부분에 나오는 "어디서 무엇이 되어 다시 만나랴"라는 구절이 떠올랐습니다. 〈저녁에〉라는 시가 발표된 이후 이를 소재로 유명한 화가 김환기가 그림을 그리고, 가수 유심초가 노래를 불러 한때 대중의 인기를 얻은 바 있습니다. "어디서 무엇이 되어 다시 만나랴"라는 이 시의 구절은 바로 세상살이에서 인연의 소중함을 가르치고 있습니다.

이제 우리들도 다른 사람을 만날 때 좋은 마음으로 선업을 지어 그런 선한 관계가 밤하늘의 별처럼 줄줄이 이어지기를 기원합니다.

09 사랑에 관한 단상

어제 아는 분과 강남에서 점심을 끝내고 화장실에 갔다가 나태주 시인의 〈사랑에 답함〉이라는 시를 보았습니다.

아! 사랑이 부쩍 말라 버린 요즘 세상에 이처럼 절묘하게 이를 표현한 시를 보자 절로 감탄이 나왔습니다. 사실 사람이 살면서 제일 중요한 것이 사랑이라고 합니다. 물질적 가치를 최우선으로 하는 세상에 무슨 사랑 타령이냐고 하는 분들도 있을 것입니다. 그러나 아무리 세상이 바뀌어도 사람이 사람답게 사는 데 가장 필요한 것은 나와 상대를 사랑하는 마음으로 바라보고 대하는 것입니다.

최근 정치적·경제적·정서적 이유 등으로 가깝게 지내는 사람도 서로 미워하며 등을 돌리는 세태입니다. 특히 다른 사람들의 사표가 되어야 할 정치인들과 그 주변 사람들은 대선을 앞두고 상대의 마음을 헤집는 거친 말과 행동들을 예사로 하고 있습니다. 앞으로 이런 바람직하지 않은 일들이 자꾸 누적되어 우리 사회에 '증오의 광기'가 일상화되는 문화가 만들어질까 정말 걱정이 됩니다.

사랑이 없는 사회는 삭막합니다. 인류사를 보면 사람에 대한 지극한 사랑이 전제되지 않는 제도나 행정조치는 오히려 인간에게 크나큰 고통만 주는 것으로 드러났습니다.

9월이 오면서 농부들은 지난봄에 씨앗을 뿌리고, 여름철에 정성껏 가꾼 농사를 거둘 준비를 하고 있습니다. 같은 논리의 연장선상에서 한 해가 얼마 남지 않는 이 시점에서 우리도 성실한 농사꾼의 풍성한 결실처럼 우리 인생에 의미 있는 수확을 얻으려면 사랑하는 마음으로 나 자신과 우리의 이웃을 대해야 하겠습니다. 이런 과정을 거쳐 '위대한 사랑의 공동체'가 탄생하는 것을 염원합니다.

10 모정 <small>별세한 성악가 조수미 어머니와의 추억</small>

한국이 배출한 세계적인 성악가 조수미의 어머니(김말순)가 향년 85세로 오늘 돌아가셨다고 합니다. 고인은 딸의 재능을 미리 알아보고, 철저하게 교육하여 위대한 예술인으로 만든 분으로 알려져 있습니다. 저는 그분을 2003년 5월 8일 남산 국립극장에서 열린 '예술가의 장한 어머니상' 시상식에서 처음 만났습니다.

당시 문화체육관광부 예술국장인 저는 행사를 전후하여 혼자 참석한 조수미의 어머니와 여러 가지 얘기를 나누었습니다. 그중에서 자신이 노래를 아주 좋아하고, 또 잘 불렀는데 여건이 맞지 않아 성악가의 길을 갈 수 없었다는 말이 아직도 기억에 생생합니다. 따님의 큰 예술적 성취와 별개로 본인의 꿈이 중도에 좌절된 아쉬움의 표현으로 저는 이해하였습니다.

한국은 물론 세계적으로 빛나는 업적을 쌓은 위대한 예술가를 길러낸 어머님의 거룩한 희생과 헌신을 기리는 그날 행사장에서 저는 여러 가지 이유로 눈물을 흘렸습니다.

본 행사가 시작되자 국립합창단이 양주동 선생님이 작사하고, 이흥렬 선생님이 작곡한 〈어머님의 마음〉을 불렀습니다. 폐부를 찌르는 그 애절한 가사를 감동적으로 전달하는 그들의 기막힌 화음이 격렬하게 감정의 동요를 일으켰습니다. 이 노래를 들으며 수많은 어려움을 뚫고 못난 막내아들의 성공을 위해 자신의 모든 것을 희생한 제 어머니의 서러운 삶이 자꾸 생각나면서 눈물샘을 자극했습니다.

또한, 이날 수상한 '예술가의 장한 어머니'들은 모두 '희생과 헌신의 표본'이었습니다. 저도 자식을 낳아 기르지만, 제가 도저히 도달할 수 없는 곳에 그들은 서 있었습니다. 그래서 매우 부끄러웠습니다.

삼가 고인의 명복을 빕니다.

11 내 재산은 정직

사업을 하는 고향 선배를 만났습니다.

그분은 초등학교 졸업 후 집안의 어려운 경제 사정 때문에 상급 학교로 진학할 수 없었습니다. 어릴 때 객지에 나와 온갖 고생을 하며 사업을 하여 성공했습니다. 이렇게 어려운 여건에서 성공한 사람들이 흔히 갖기 쉬운 자만심을 이분에게는 전혀 찾을 수 없습니다. 소탈하고, 유머 감각도 풍부해서 같이 있으면 즐겁습니다.

80세가 넘었는데도 술도 잘하십니다. 점심 식사 중 반주로 고량주를 두 병이나 마셨지만, 술 먹은 흔적이 어디에도 전혀 나타나지 않을 정도로 체력도 강건합니다. 더구나 놀라운 것은 달콤한 속임수와 공감, 그리고 물리적 위력이 난무하는 사업세계를 정직 하나로 이겨내었다고 합니다. 그분은 식사하시면서 "저의 재산은 정직이다."라고 말씀하셨습니다.

아! '정직이라는 가장 훌륭한 사회적 자본을 가지고 그분은 성공했구나' 하는 생각이 들었습니다.

다시 반추하며 마음에 새겨봅니다.

12 인연의 소중함

엊그제 별세한 후배 상갓집에 다시 들렀다가 50년 이상 뵙지 못했던 분을 우연히 만났습니다.

어릴 때 부모님이 일찍 돌아가셔서 그분은 사고무친(四顧無親)의 고아가 되었습니다. 향리에서 돌봐주는 사람이 없어 떠돌다가 제 고향 남해 상주리 금전부락으로 와서 우리 이웃집에서 머슴으로 10년 정도 일했습니다.

그 시절 다들 힘들고 가난했지만, 정을 주고받던 때였습니다. 저보다 다섯 살 많은 형님과 친구 사이인 그는 저녁에는 자주 우리 집에 와서 고구마를 먹으며 놀았습니다. 저는 그분들 사이에 끼여 열심히 얘기를 듣곤 했습니다. 여름이면 같이 소 먹이러 가고, 겨울이면 나무하러 같이 다니면서 정을 나누었습니다. 그렇게 가깝게 지내다 제가 부산으로 고등학교를 진학하면서 헤어졌습니다.

그때쯤 그분도 머슴을 그만두고 서울로 와서 사진을 배워 고생 끝에 어느 정도 경제기반을 마련했다고 합니다. 그리고 글자를 모르는 것이 한이 되어 초등학교 졸업 검정고시를 준비해서 합격했으나, 먹고 사는 것이 힘들어 중학교 졸업 검정고시는 준비를 못했다고 합니다.

제가 2012년에 국회의원이 되어 고향에 갔다가 그분의 고용주였던 분으로부터 저를 찾는다는 얘기를 들었습니다. 그러나 그분의 주소나 전화번호를 확보하지 못해 연락할 수 없었습니다. 그러다가 오늘 오전 10시경 문상을 왔다가 상주로부터 제가 저녁에 다시 올지 모르겠다는 얘기를 듣고 그때까지 기다리고 있었습니다. 마침내 저녁 7시경 그분을 뵙게 되었습니다. 우리는 그동안 지내온 수많은 얘기를 주고받았습니다.

그분과 헤어지고 집으로 오면서 여러 상념이 떠올랐습니다. 사람이 살아있으면 어디에 있든 이렇게 다시 만나는구나 하는 생각이 들었습니다. 그래서 다른 사람을 만날 때 인연의 소중함을 염두에 두고 진지하고, 진실하게 대하는 자세가 필요하다는 것을 절실하게 느꼈습니다.

PART 02

의지

01 한강의 힘을 느끼며, 여생을 살펴본다

목마른 대지를 적시는 비가 촉촉이 내리는 밤입니다. 오늘 저녁 저는 그림을 그리는 유명한 화가 일행과 함께 한강 변 반포 세빛둥둥섬의 한 음식점에서 저녁을 같이했습니다.

예전에 제 아들이 고교 시절 자전거를 타기 위해 가끔 이곳에 들르곤 했습니다. 아들이 자신의 목적지까지 다녀오는 동안 저와 집사람은 손을 잡고 한강 변을 걷곤 했습니다. 그러나 그때 세빛둥둥섬에 들어가지는 않았습니다. 오늘 처음으로 이곳에서 식사를 하며 우리들이 살아가며 부딪치는 고난과 기쁨 등 여러 얘기들을 나누었습니다. 그중에서 성악가와 화가 등 예술가들이 모임의 주축을 이루었으므로 우리는 주로 예술과 인생을 논하였습니다. 그런 고담준론 高談峻論이 오가는 가운데 저는 이따금 물끄러미 한강을 쳐다보았습니다.

아! 한강은 끊임없이 흐르고, 시간은 화살처럼 빠르게 과거라는 역사 속으로 사라졌습니다. 그동안 별다른 성취도 없이 7~8년의 세월이 무정하게 흘렀다는 회한이 갑자기 엄습하였습니다.

그런 허무한 마음을 얼른 내쫓기 위해 어둠이 깔리기 시작하면서 시시각각 변하는 한강과 그 주변의 경치를 관조하였습니다.

한강을 오가는 유람선,

강북강변도로를 질주하는 차량,

여기저기 서 있는 건물들이 내는 다양한 불빛이 밤하늘의 은하수처럼 반짝입니다.

이런 생동감이 밤의 어둠이 주는 적막함과 극명한 대비를 이루며 '참 아름답구나' 하는 생각이 절로 났습니다. 이렇게 역동적인 삶의 움직임을 보면서 남은 인생을 잘 살아야겠다는 마음이 들었습니다. 그러자 조금 전 잠시 우울한 생각을 했다는 마음조차 이내 사라졌습니다.

《장자》에 보면 "관수세심(觀水洗心, 물을 보면서 마음을 씻고), 관화미심(觀花美心, 꽃을 보면서 아름다운 마음을 품으며), 관산개심(觀山開心, 산을 보면서 마음의 문을 연다)"이라는 말이 있습니다. 이처럼 자연을 찬찬히 관찰하면 우리는 그 속에서 인생의 참된 의미를 깨닫게 됩니다.

따스한 햇볕이 비치는 창가에 서서

끊임없이 흐르는 한강,

찬찬히 빛나는 별빛,

나를 바라보는 일행의 눈빛을 보며 풀어지려는 마음을 다시 잡습
니다.

인생의 의미를 긍정적으로 조명하며, 아름다운 마무리를 위해
신발 끈을 동여맵니다.

02 끝이 없는 길

하늘에는 구름이 끼어 있고, 북한산을 타고 살랑거리며 넘어오
는 시원한 산들바람으로 인해 기분이 상쾌합니다. 여름 특유의 무
더위와 불쾌감을 전혀 느끼지 못하는 오늘 오후 저는 한성대 전완
식 교수와 성북동에서 저녁을 같이 먹고 길상사에 들렀습니다.

평일 저녁이어서지 보통 많은 사람들로 분비던 사찰 경내에는
인적조차 찾을 길이 없습니다. 기도 소임을 맡은 스님께서 저녁 예
불을 올리는 극락전에 들러 부처님께 잠시 인사를 드렸습니다. 그리
고 발길이 닿는 대로 사찰 이곳저곳을 돌아다녔습니다. 과거 김영삼
대통령 시절 청와대 근무할 때 김광일 비서실장을 모시고 이곳 대
원각에서 식사를 하며 이야기를 나누었던 추억이 불현듯 떠올랐습
니다.

이런저런 생각을 하며 가다 보니 시가 1천억 원이 넘는 고급 음
식점 대원각을 소유주 김영한 보살로부터 시주를 받아 길상사라는
청정도량을 만든 법정 스님의 유품을 전시하는 곳에 이르렀습니다.
현상의 본질을 꿰뚫는 쉽고 아름다운 문체로 세상에 크게 이름을

알렸지만, 무소유를 주장하며 몹시 소박하게 살면서 깨달음을 추구
하셨던 법정 스님의 '맑고 향기로운' 체취가 금방 느껴졌습니다.

탐욕과 성냄, 그리고 어리석음이 범벅이 된 진흙탕이라는 세속
에 뒹구는 보통 사람들이 이런 높은 경지에 이른다는 것은 참으로
매우 어려운 일입니다. 그래도 성현의 지혜를 얻기 위한 몸부림을
끝없이 하는 가운데 얼마간의 진일보가 있을 것입니다.

전 교수와 헤어진 후 반달이 제법 빛나는 늦은 저녁에는 둘째
딸과 함께 낙산 성곽길을 산책하였습니다. 아름다운 서울시내 야경
을 여유 있게 음미하면서 우리는 주마등처럼 떠오르는 과거의 고난
들과 그것을 극복했던 과정들을 얘기했습니다. 둘째 딸과 대화 중
에 저는 고난이 닥쳤을 때는 많이 힘들었지만 지나고 보니 다 살아
가는 데 큰 보약이 되었다는 생각이 들었습니다.

우리가 살아가면서 겪는 모든 것이 수행의 과정이라고 봅니다.
그런 의미에서 아무리 힘들어도 사물을 긍정적으로 조명하며 꾸준
히 정진하는 것이 개인의 발전은 물론 국가와 사회공동체의 안정과
번영에 필요하다고 봅니다.

긍정의 마음으로 정진하다 보면 어느 정도 성취가 있을 것입니다. 그러나 얕은 성취를 전부인 것으로 착각하는 오류를 범하지 말아야겠습니다. 마치 세상을 다 가진 사람처럼 '이제 다 이루어 더 할 것이 없다'는 마음 말입니다. 수행의 길은 우리가 죽을 때까지 쉼 없이 계속 진행되어야 하는 '끝이 없는 길'이라고 생각합니다. 법정 스님이 말씀하신 '맑고 향기롭게' 사는 수행의 길을 걸어야겠습니다.

03 낙화의 무상함과 긍정의 자세

그간 바쁜 일들로 만나지 못했던 사람들과 회동하며 점심 나절까지 분주하게 보냈습니다. 오랫동안 같이 근무했던 문화부 출신 선후배들, 고향 출신 문화예술인 모임에 다녀왔습니다.

시청에서 혜화동으로 가는 버스를 타고 동성고 앞에서 내려 걸어오는데 몹시 더워 여름 날씨 같다는 생각이 들었습니다.

집에 도착해서 우리 빌라의 정원을 찬찬히 보니 메마른 꽃이 여기저기 떨어져 있었습니다. 엊그제까지만 해도 그렇게 아름답던 꽃들이 생기를 잃고 아무렇게나 떨어져 있는 낙화의 모습을 보자 우울하고 서글픈 마음이 들었습니다.

'온 천지에 생명을 불어넣으며 찬란한 아름다움을 뽐내던 봄날이 벌써 갔구나' 하는 세월의 무상함이 다가옵니다.

이런 정서를 잘 표현한 대중가요가 금방 떠오릅니다. 바로 백설희가 부른 〈봄날은 간다〉라는 노래입니다. 이 노래는 한국 시인들이 최고로 여기는 가사를 제대로 살려낸 유장한 가락이 일품입니다.

또한 정일근 시인도 그의 시 〈봄날은 간다〉에서 이런 심정을 잘 표현했습니다. 그는 살짝 불어오는 바람에도 이기지 못하고 그동안 정들었던 나무와 이별을 고하는 그 봄꽃들의 낙화 현상을 시들해진 청춘의 정념과 대비시키고 있습니다.

봄날은 간다

벚꽃이 진다. (중략) 내 생도 잔치의 파장처럼 시들해지고 있다는 이야기이다. (중략) 우리는 모두 타인의 삶에 그냥 스쳐 지나가는 구경꾼일 뿐이다. (중략) 꽃이 피면 같이 웃고, 꽃이 지면 같이 우는 누구에게도 그런 알뜰한 맹세를 한적이 없지만, 봄날은 간다 시들시들 내 생의 봄날은 간다.

집에 들어와 다시 이 문제를 반추해 보니 이처럼 꽃이 지는 것을 부정적으로 보는 것이 과연 옳은가 하는 자탄이 나왔습니다. 어차피 세월은 가는데 어떻게 해 볼 도리가 없는 과거에 연연할 이유가 없다는 생각이 들었습니다. 더구나 다가오는 미래는 불확정 상태라 우리가 원하는 대로 제어하기가 어렵습니다.

순간적으로 '카르페 디엠(Carpe Diem, 현재 이 순간을 즐겨라)'이라는 라틴어가 제 머릿속에 얼핏 들었습니다. 지금 이곳의 일에 더 집중하고 즐기는 것이 더 밝고 긍정적인 내일을 만들 수 있다는 결론에 도달했습니다. 그런 생각으로 오후에는 《*The Aristocracy of Talent*》라는 실적주의 발전사를 정리한 영어 책을 읽었습니다.

저녁에는 최근 몇 년 간 암투병을 하다 돌아가신 이어령 장관의 삶의 마지막을 생생하게 찍어서 현재 전시중인 김용호 사진작가와 저녁을 같이 했습니다. 그 자리에서 우리는 개인적인 관심사와 함께 한국 사회의 여러 가지 부정적 현상에 대해 서로 얘기를 나누었습니다. 특히 우리 사회의 심각한 반지성주의 현상을 분석하며, 이를 어떻게 치유할 것인가를 심도있게 논의했습니다. 그런 중간에 신파적으로 제가 좋아하는 노래도 몇 곡 불렀습니다.

이렇듯 덧없이 세월은 자꾸 흘러갑니다. 동시에 우리들의 봄날은 저 멀리 사라집니다. 그래도 영화 〈바람과 함께 사라지다〉의 주인공 스칼렛 오하라의 명대사 "내일은 내일의 태양이 뜬다."라는 말처럼 긍정적인 자세로 살아가야 하겠습니다.

04 불광불급 不狂不及,

미치지 아니하면 일정한 정도나 수준에 이르지 못함

지난주에는 특별한 분을 만났습니다. 만나고 시간이 제법 흘렀는데도 자꾸 그 일이 생각납니다. 수석을 평생 업으로 삼아 살아왔던 원봉호 강원도 수석인연합회장님 이야기입니다.

그는 수석을 하느라 차를 몇 번 새로 바꾸는 등 돈과 시간을 많이 투입했다고 합니다. 집안 이곳저곳에 산더미처럼 수석이 쌓이는 과정에서 아이를 키우는 일 등 가정사를 소홀했다고 합니다. 결국, 이 문제로 갈등이 깊어져 사모님과 이혼을 하는 아픔을 겪었다고 합니다. 가정을 희생시킬 정도로 수석에 몰두하다 보니 그는 남들이 가질 수 없는 진귀한 물건들을 많이 수집했다고 합니다.

어느 날 3일 연속 꿈에 어떤 할아버지가 나타나 '강가로 가라'는 암시를 받아 발굴한 수석은 그가 가장 아끼는 작품입니다. 어떤 돈 있는 분이 10억 원을 준다해도 그는 이 수석을 팔지 않았다고 합니다.

이런 고생 끝에 좋은 수석 작품들을 가진 그의 꿈은 고향인 강릉에 수석박물관을 마련하는 것입니다. 관련 지자체장과 협의가 잘 되면 멋진 자연사 박물관이 곧 탄생할 것으로 보입니다. 수석에 목숨을 건 그를 보면서 좋아하는 일을 꾸준히 열심히 하면 어느 정도 경지에 이를 수 있다는 생각이 들었습니다.

어떤 분야의 최고 경지에 이르기 위해서는 목숨을 걸고 한소식을 얻으려는 수도자의 수행과 버금가는 노력과 정성이 필요한 것 같습니다.

그분을 만난 이후 많은 생각이 듭니다. 특히 어느 경지에 도달하기 위한 과정은 불광불급(不狂不及)이라는 옛말이 다시 생각나는 날입니다.

05 고난 속의 삶을 사는 자세

이제 4일 뒤면 올해가 마감됩니다. 올 한 해를 뒤돌아보면 시시 각각 다가오는 수많은 고난의 파도를 헤치고 겨우 항구에 도착했다 는 안도감이 듭니다.

그런데 오늘 저는 우리들의 삶이 연속되는 고난의 극복과정이라 는 점을 확인하는 하루였습니다. 사람마다 정도의 차이는 있지만, 고난의 십자가를 지고 가는 것은 확실합니다.

2006년 초 문화체육관광부 종무실장이 된 이후 오랜 기간 인사 를 드려왔던 김삼환 명성교회 원로 목사의 아침 첫 예배에 모처럼 참석했습니다. 〈성도의 이상적인 삶의 기준은 49:51입니다〉가 강론 제목이었습니다. 김 목사님께서는 이 세상 어디에도 행복만 가득한 삶이 없다고 말씀하셨습니다. 더구나 너무 행복하면 인간은 교만하 기 쉬우므로 사는 것을 100%로 치면 그중 51%는 고난이고, 49% 는 행복한 것이 이상적인 삶이라는 것입니다.

저녁에는 가수 주병선의 히트곡 〈칠갑산〉을 작곡한 인기 작사가

이자 작곡가인 조운파 선생님을 인사동에서 뵈었습니다. 여러 가지 얘기 중에 "절망이 있어야 희망이 있다."며 "어두울수록 빛이 밝다."는 말씀을 하셨습니다. 이처럼 조 선생님도 고난을 극복하며 살아가는 것이 인생의 길이라는 것을 설파했습니다.

그러면 우리에게 닥쳐온 어려움을 어떻게 극복할 수 있을까요?

오늘 오후 광화문에서 만난 박희정 전 한국문화예술연합회관 부회장께서 《명심보감(明心寶鑑)》에 나오는 "심청사달(心淸事達, 마음이 맑으면 모든 일이 잘 된다)"이라는 말을 했습니다. 저는 그 말을 듣자 바로 이것이 답이 되겠구나 하는 생각이 들었습니다.

1985년 명동성당에서 그가 결혼할 때 칠보어린이합창단을 지도했던 상덕 스님이 붓글씨의 대가 석주 큰스님이 쓴 이 글을 주셨다고 합니다. 23년 동안 성나자로마을에 봉사활동을 하는 등 우직하고 착하게 살아왔던 박 부회장님의 삶을 이끈 이정표가 된 글입니다.

'심청사달(心淸事達)' 이 말을 생활 속에 제대로 실천하는 것이 중요합니다.

우선 남을 위해 보시하고, 눈밝은 이로부터 적시에 자문을 받는 것은 고난을 피하는 기본 원리에 해당됩니다. 더 나아가 매일 때가 낀 마음을 다스리는 수련을 하는 것이 필요하다고 봅니다. 또한 작은 일에도 감사하는 마음을 갖다 보면 행복이 저절로 찾아온다고 봅니다.

얼마 남지 않은 금년 잘 보내시고, 내년에는 행복한 나날 영위하시기 바랍니다.

06 춥고 힘들지만 오늘도 걷는다

엊그제에 이어 오늘도 눈이 좀 내렸습니다. 다행히 오늘은 눈이 많이 오지 않아 다니기는 괜찮은 것 같습니다. 이렇게 춥고 눈이 와도 저는 요즘 매일 집에서 규칙적으로 108배를 하고, 성북천을 걷고 있습니다. 코로나 바이러스에다 춥다는 이유로 집안에만 웅크리고 있으면 건강은 더욱 나빠지고, 기분도 좋지 않기 때문입니다.

더구나 걸으면서 이런저런 생각을 하며 그동안 미결상태에 있던 여러 일에 대해 결심을 할 수 있습니다. 더 나아가 많이 걷다 보면 사실상 아무런 생각이 없어지는 무념무상(無念無想)의 경지에 이르는 망외의 소득을 얻을 수 있습니다. 이는 조금 거칠게 말해 깨달음을 추구하는 도인들이 걸으면서 하는 행선의 한 형태라 보겠습니다.

코로나 바이러스가 창궐한 지 벌써 3년이 다 되가면서 우리의 삶이 아주 힘들어졌습니다. 대체로 소득이 많이 떨어지고, 심지어 친한 사람과 만나서 얘기하는 것도 여의치 않습니다. 이로 인해 스트레스가 많이 쌓입니다.

밖으로 나와 걸으십시오. 그러면 살아가면서 생긴 세상의 번뇌와 스트레스가 어느 사이에 슬슬 사라질 것입니다.

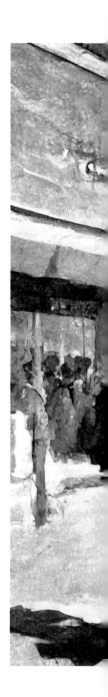

따스한 햇볕이 비치는 창가에 서서

PART 03

처세

01 과유불급^{過猶不及} 깨달음

고등학교 시절 저는 운동을 제대로 안 하고, 영양섭취가 불충분하여 건강이 아주 좋지 않았습니다. 어느 날 도저히 못 견딜 것 같아 약국에 갔더니 '큰일 나겠다'며 '병원에 입원하라'는 강력한 권고를 받았습니다. 그 말을 듣는 순간 내 인생이 '이대로 끝나나' 하는 절망적인 생각이 들었습니다.

그런 일이 있고 난 뒤 건강의 중요성을 깊이 자각하고 저는 대학교 입학 이후 매일 걷거나 뛰는 등 규칙적으로 운동을 하며 고시공부를 했습니다. 이렇게 운동을 하는 습관은 직장생활을 하거나 미국 유학 중에도 변하지 않고 매일 아침 체육관에서 수영을 했습니다. 이렇게 20년 넘게 수영을 하다가 부산에 출마하러 가면서 그것을 중단했습니다. 대신 매일 유권자를 만나며 걸어 다녔습니다.

그렇게 몸 관리하던 방식이 변하면서 2017년 중반 왼쪽 허리가 좀 아파서 역삼동에 있는 한의원에 갔습니다. 그 원장님께서 자신은 오로지 108배를 하면서 건강을 지킨다고 말하면서 저에게 "한번

해 보는 것이 어떻겠느냐"고 권유를 했습니다. 그런 권고를 받은 저는 불교식 수행과 운동을 겸하는 절 수행을 즉시 시작했습니다.

처음에는 30배 정도로 시작하여 시간이 지남에 따라 차츰 횟수를 늘려나갔습니다. 그리하여 2017년 후반기부터 2020년 전반기까지 매일 108배를 한 번씩 했습니다. 그때 이후 이 정도로는 운동이 부족하다는 생각이 들었습니다. 이런 인식의 연장선상에서 자꾸 운동량을 늘려나가다 보니 지난해 겨울부터는 108배 세 번에 33배를 더해 357배까지 하게 되었습니다. 절의 양을 늘리면서 수행의 기쁨도 맛보고 운동의 양도 늘어나는 것 같아 정신적인 만족감이 더 크게 다가왔습니다.

매일 절을 하면서 땀이 비 오듯 하고, 호흡이 거칠어지나 몸은 몹시 가벼워졌습니다. 그런데 올해 6월 이후 오른쪽 발목의 통증이 미세하게 느껴졌습니다. 진통제와 소염제 계통의 약을 먹고, 통증 부위에 약을 발라도 이런 증세가 없어지지 않았습니다.

궁여지책으로 108배를 두 번 하고 69배를 더해 285배를 하는 것으로 횟수를 많이 줄였습니다. 횟수를 줄이니 종전보다 아픈 것이 훨씬 덜하지만, 아직도 완전히 통증이 없어지지는 않았습니다. 그래서 어제는 이 분야에 밝은 분으로부터 침 치료를 받고 피도 뽑

따스한 햇볕이 비치는 창가에 서서

았는데 한결 좋아진 느낌입니다.

　돌이켜보면 이 모든 것이 너무 욕심을 내어 무리하게 운동을 했던 것에서 출발한 것 같습니다. 《논어(論語)》〈선진편〉에 보면 "과유불급(過猶不及, 정도를 지나친 것은 미치지 못함과 같다)"이라는 말이 있습니다. 바로 이것이 저의 경우에 해당되는 것이구나 하는 생각이 듭니다.

02 공직자의 마음가짐

어제 오후 대통령취임준비위 국민통합초청위원회에 같이 근무했던 몇몇 분들과 북한산 진관사에 다녀왔습니다. 지난 대선 때 방문한 적이 있어 사찰과 그 주변 정경은 익숙했고 친근한 마음이 들었습니다. 법해 주지스님을 뵙고 그간의 일들에 대하여 차담을 하며 정을 나누었습니다.

스님께서는 고려 현종이 왕으로 취임하기 전 궁중암투 과정에서 자신의 목숨을 구해 준 진관 스님을 위해 이 사찰을 창건했다는 일화를 말씀해 주셨습니다. 아울러 조선 개국 이후 국가와 왕실의 안녕을 위해 일 년에 봄과 가을 두 차례 수륙재(水陸齋)를 지내는 근본 도량으로서의 역할을 했다고 합니다. 참고로 수륙재는 바다와 강 등 물과 육지에서 떠도는 외로운 영혼과 아귀들을 달래기 위해 불법을 강설하고, 음식을 베푸는 의식을 의미합니다.

2013년 우리 정부는 〈진관사 국행수륙대재〉를 국가무형문화재로 지정하였습니다. 조선시대 불교를 탄압하는 정치적 환경 속에서

진관사가 이처럼 중요한 역할을 했다는 것은 참으로 의미가 깊다고 봅니다.

또한 6·25 전쟁 등으로 파괴되어 몇 개의 건물만 남아 쓸쓸한 느낌마저 주었던 진관사를 이처럼 깔끔하게 일류 사찰로 가꾸는 일을 선도했던 법해 주지스님은 공적인 일을 담당한 사람들의 자세에 관해 여러 가지 좋은 말씀을 해 주셨습니다. 특히 마음에 새겨야 할 말씀으로는 "공직자들이 국민 속으로 들어가 그들이 원하는 것을 우주의 좋은 에너지로 결집해 열정적으로 일해 주실 것"을 당부하였습니다. 이렇게 공적인 이익을 위해 일하면 "더 되는 것도, 덜 되는 것도 없이 하는 그대로 복을 받을 것"을 강조하였습니다.

마음에 새겨진 말씀을 간직하고 우리들은 주지스님의 안내로 사찰의 이곳저곳을 구경하며 천천히 걸었습니다.

긴 장마 끝에 모처럼 맑은 하늘과 어우러진 북한산 계곡과 산야의 아름다운 정경을 완상하였습니다. 국민 속으로 들어가 그들이 원하는 것을 우주의 좋은 에너지로 결집하라는 말씀이 맑은 하늘과 겹쳐지며 더욱 크고 깊게 가슴으로 들어옵니다.

03 확고한 믿음과 꾸준한 실행이
성공을 이끈다

지인들과 함께 인천 영종도에 있는 용궁사를 찾아갔습니다. 얕은 산야 밑으로는 서해가 펼쳐져 있고 법당에서 바라보는 경치는 참으로 아름다웠습니다.

법당에서 참배를 마치고 난 뒤 2006년 2월 문화체육관광부 종무실장으로 취임한 이후 여러 인연이 겹쳐 잘 알게 된 능해 주지스님(태고종 부원장)의 안내를 받아 이 절의 이곳저곳을 구경하였습니다.

능해 스님은 안내를 하시며 절의 유래를 말씀해 주셨는데, 신라 문무왕 10년(670년) 원효대사께서 이곳 백운산 자락에 백운사를 창건하였다고 합니다. 그러나 언제부터인지 모르지만 이 절은 구담사로 그 이름이 바뀌었고, 다시 조선시대 철종 5년(1854년) 가슴에 품은 큰 꿈을 이루기 위해 절치부심하던 흥선대원군이 중창불사를 하면서 용궁사로 명명하며 오늘에 이르렀다고 합니다.

그런 연유로 승려들이 거주하는 이 절의 요사채 정면에는 그분이 직접 쓴 편액이 걸려있습니다. 또한 관음전 기둥에는 근대 유명한 서화가이자 고종의 사진가인 김규진의 글귀(주련)가 남아 있습니다. 아울러 관음전 내부에는 대왕대비 조씨와 다수의 궁녀 등 시주자 명단이 목각판에 그대로 남아 있어 왕실의 후원을 받았다는 것을 확인할 수 있었습니다.

용궁사 구경을 마친 후 점심 시간을 전후하여 능해 스님께서 사바세계에 사는 우리들에게 도움이 될만한 여러 좋은 말씀들을 해주셨습니다. 그중에서 '반드시 이루어진다'는 확신에 찬 믿음으로 정성을 다해 꾸준히 기도 정진하는 굳은 신심과 실행의 중요성을 강조하셨습니다. 능해 스님의 이 말씀이 저에게 매우 인상적으로 다가왔습니다.

자기가 하는 것에 대해 확신 없이 미심쩍은 마음으로 일을 시작하면 성공에 필요한 '전심전력으로 이를 끈질기게 추진하는 동력'이 나오기 어렵습니다. 그러면 결과는 실패로 귀결될 수밖에 없습니다. 그러므로 나와 우리의 '꿈은 이루어진다'라는 확신으로 계속 정진해야 '위대한 성취'를 얻을 수 있다고 봅니다.

그에 대한 한 가지 예로 최근 라흐마니노프의 피아노협주곡 3번을 신들린 듯 연주하여 반 클라이번 콩쿠르에서 우승한 임윤찬은 매일 15시간 집중적으로 연습했다고 합니다. 아마도 자신이 좋아하는 이 일을 '기어코 해내겠다'는 '신념의 마력'이 이런 초인적인 노력을 이끈 원동력이 되었다고 봅니다. 그 결과 그는 18세라는 어린 나이에 세계적인 반향을 일으키는 예술가가 되었습니다.

기적은 '내 마음속에서 시작하며, 그 결심을 동력으로 한 나의 꾸준한 정진으로 마무리된다.'라고 생각을 하게 되었습니다.

마음 속 불씨를 지펴 용기를 내고 실천하며 꾸준히 정진하는 우리가 되어야겠습니다.

04 비룡득주에 관한 단상

飛龍得珠, 하늘을 나는 용이 여의주를 얻다

구름이 잔뜩 끼어 우중충한 하늘에 간간이 빗방울이 흩날리는 날입니다.

이칠용 한국공예예술가협회장과 만나 혜화로터리 근처에 있는 맛집으로 유명한 '혜화칼국수집'에서 점심을 같이 하며 여러 얘기들을 나누었습니다.

식사를 끝내고 나오다가 저는 그 음식점 벽에 걸려있는 김종필 전 신민주공화당 총재가 쓴 '비룡득주(飛龍得珠, 하늘을 나는 용이 여의주를 얻다)'라는 글씨를 보고 잠시 발길을 멈추었습니다. 구름이 많고 비가 오는 날씨라서 그런지 더 마음에 다가오는 글이었습니다.

관련 기사를 검색해 보니 김 총재는 1988년 4월에 실시한 총선에서 승리를 기원하며 그해 1월 4일 중앙당사 단배식 후 이 글을 썼다고 합니다. 그런데 어떤 연유로 그 당시 당사에서 쓴 이 글이 혜화칼국수집에 걸리게 되었는지 궁금합니다. 어쩌면 그가 평소에 알고 있는 이 집 주인의 성공을 기원하며 새로 써준 것인지 아니면 이곳 주인이 JP가 그 당시 당사에서 썼던 이 글을 습득한 어떤 분으로 부터 받았는지도 모릅니다. 이런저런 상상을 하며 우리 인생과 용에 관한 제 생각을 정리해야겠다는 마음이 들었습니다.

　서양문화권에서 용은 악과 해로움을 상징합니다. 반면 동양문화권에서 용은 신비하고, 존귀한 존재입니다. 중국을 비롯하여 한국에서는 용과 관련된 단어와 신령스러운 신화와 일화가 엄청 많습니다. 그중에서 훌륭한 인재가 좋은 시절인연을 만나 만인이 추앙할 정도로 크게 성공하는 경우 우리는 그가 '용이 되었다'고 표현합니다.

　그런데 동양문화의 정서와 논리를 담은 예화에서 보면 용이 쉽게 하늘을 향해 나는 법은 없습니다. 일단 좁은 계곡물에서 온갖 어려움을 견디며 인품을 도야하고, 실력을 쌓으며 숨어 지내는 '잠룡(潛龍)'의 시절이 필요합니다. 그런 수련의 시절을 보낸 연후에 세상에 자기 능력이 어느 정도 통하는지를 시험해 보는 '현룡' 단계로 나아갑니다. 이쯤에서 그 사람의 비범함에 경탄하며 여론이 좋아지고, 많은 지지자가 생기면 마치 용이 여의주를 물고 구름을 타고 승천을 하는 단계에 이르렀다고 봅니다. 이를 '비룡(飛龍)'이라고 합니다. 여기서 승천하는 용의 여의주는 이 비범한 존재가 구상하는 온갖 상서롭고 신비스러운 일을 일으키는 상징적 도구입니다.

대체로 '비룡' 단계에 도달하면 사람들은 '이왕 하는 김에 끝까지 가보자'는 심리가 발동합니다. 그래서 '비룡득주'의 용이 '지지(멈춤을 앎)'의 지혜를 발휘하지 못하고 하늘 끝까지 올라가는 경우가 있습니다. 이렇게 지나치게 높이 올라간 용을 '항룡(亢龍)'이라고 부릅니다. 주역의 건쾌에서는 이렇게 오를 데까지 '높이 올라간 용은 후회한다(항룡유회亢龍有悔)'고 말합니다.

항룡유회는 우리들의 삶에 많은 시사를 줍니다. 인생 최고의 목표를 세워 착실하게 정진하는 것은 정말 필요합니다. 그런 연후에 득의의 시절을 보낼 때 '내가 너무 과도하게 행동하지 않나' 하는 겸손한 마음을 항상 가지고 잘 처신해야 한다고 봅니다. 그래서 소설가 정비석 선생님이 그의 소설 《초한지》에서 표현한 "천하의 기미(세상사에 관한 민심의 미묘한 흐름)"를 주도면밀하게 살펴서 더 나아갈 때와 멈출 때를 알고, 때로는 시세가 불리하면 아예 후퇴하는 용기를 내어야 한다고 봅니다.

구름이 많아서, 비가 간간이 뿌려서, 비룡득주를 읽어서,
삶을 돌아보고 처신을 바로 하게 하는 날입니다.

05 자기 일의 열정

간간이 비가 내리는 오전에 택시를 타고 올림픽대로를 신나게 달렸습니다. 45분 정도의 드라이브 끝에 강남구 봉은사 인근의 포니정홀에 도착하였습니다. 드디어 페이스북에서만 교류했던 유혁준 클라라하우스 대표를 반갑게 만났습니다.

약속 장소인 포니정홀에 들어서자 아름다운 사운드가 들려오기 시작했습니다. 음악 소리는 바그너가 작곡한 〈탄호이저〉 2막 4장 중 '기쁨으로 고귀한 전당을 찬양하노라'였습니다. 캐나다 출신 야닉 네제-세겡이 지휘하는 바이에른 방송합창단과 오케스트라의 2013년 7월 16일 뮌헨 오데온스광장 실황중계 영상 음악이었습니다. 출연진의 다양한 표정을 기막히게 잡아낸 대형 스크린의 화면과 아주 좋은 음질의 음악을 들으면서 마치 제가 그곳에 있는 듯했습니다.

곧이어 포크 가수 이성원이 노래하는 우리 가곡 〈엄마야 누나야〉와 전설적 트럼펫 연주자이자 가수인 루이 암스트롱의 러시아 민요(1961년 Polydor 음반사, 모노 LP)를 들었습니다. 저는 입으로 노래를 흥얼거리며, 앉은 자리에서 몸을 좌우와 상하로 조금씩 흔들었습니다. 이렇듯 유 대표가 틀어준 음악을 들으며 온몸에 감동의 물결이 흘러넘쳤습니다.

이런 분위기의 연장선상에서 그는 마이크를 주며 저에게 노래를 불러달라고 했습니다. 저는 제 휴대폰에 내장된 노래방 반주에 맞추어 이미자의 〈한번 준 마음인데〉, 신해성의 〈여인우정〉, 조미미의 〈사랑은 장난이 아니랍니다〉라는 노래를 불렀습니다. 노래하며 친해져서인지 그는 자신의 얘기를 하기 시작했습니다.

경북 김천 출신인 그는 어릴 때 그 지역 합창단 출신인 어머니의 영향을 받아 음악을 좋아했다고 합니다. 그러다 보니 서강대 신방과를 졸업하고 난 후 자연스럽게 국내외에서 음악 관련 공부와 실무 연찬을 하였답니다. 그런 내공을 바탕으로 음악 칼럼니스트로서 제주와 대전에서 클라라하우스를, 서울에서는 포니정홀을 운영하고 있습니다.

특히 그는 중고생 시절부터 클래식 음반을 사기 시작하여 지금도 매달 수입의 상당 부분을 음반 구입에 사용한다고 합니다. 그는 지금도 무려 15,000장 정도의 음반을 가지고 있다고 합니다.

그는 매우 열정적으로 자기 일에 관해 얘기를 하였고 '음악 영재

의 발굴과 체계적 관리', '해설이 있는 음악회 확산' 등 한국 클래식 음악의 향후 발전 방향에 관해 많은 얘기를 했습니다.

정부 당국의 정책적 지원, 관심있는 기업의 후원 등 관계자들의 도움으로 그의 음악적 구상이 조기에 실현되기를 기원했습니다. 그가 원하는 꿈에 대한 말들은 지금 전 세계적으로 왕성하게 인기를 얻고 있는 영화, 드라마, K-pop 등 '대중문화 한류'에 이어 이제 막 개화하고 있는 서양음악의 '클래식 한류'도 활짝 꽃피우는 날을 고대하는 것으로 보입니다.

아직도 전셋집에 살면서 관중들에게 좋은 음질의 음악을 들려주기 위해 애쓰고, 포니정홀의 음악 관련 기자재를 갖추는 데 3억 원 정도의 사재를 투입하는 그의 열정이 무엇인지 알게 된 날입니다.

국경을 넘어서는 한류의 확산에 박수를 보내며 더 다양한 분야로 확대되길 기원하는 한류의 주역들에게 감사의 마음을 전합니다.

06 도리와 겸손

성파 조계종 종정예하로부터 수기치인의 도리를 담은 글을 받았습니다.

저는 오늘 오전 일찍 성파 조계종 종정예하를 뵙기 위해 집을 나섰습니다. 전완식 한성대 교수와 같이 서울역에서 KTX를 타고 남행을 하면서 어지러운 국내외 뉴스를 전하는 신문을 읽다가 복잡해진 심경을 달래기 위해 차창 밖의 푸른 산야를 바라보았습니다.

그렇게 경치도 보고, 전 교수와 시사 현안과 일상사에 대해 이야기를 하는 사이에 우리는 통도사역에 도착하였습니다. 그곳에서 이상규 전 국립국어원장님께서 운전하는 차를 타고 통도사에 도착하니 점심을 먹을 시간이 되었습니다. 같이 간 일행들과 주차장 인근의 음식점에서 식사와 차를 마시며 인사를 나누었습니다.

오후 2시 접견 시간에 맞추어 우리 일행은 통도사 서운암 인근의 성파 종정예하의 작업실에 도착했습니다. 주변 산야에는 아름다운 꽃들이 피어있고, 감나무에는 이제 막 자라기 시작한 자그마한 감들이 주렁주렁 매달려 가을의 풍요를 예고하고 있었습니다.

몇 달 전 이상규 원장님과 제가 성파 종정예하를 뵈었을 때 그분께서 쓰신 〈반야심경(般若心經)〉 글씨가 너무 좋아서, 이것을 판각하는 것이 매우 의의가 있겠다고 말씀드린 바 있습니다. 그런 뜻을 살려 이 원장님은 이 시대 최고의 목각수인 안준영 선생님께 이를 부탁하였습니다. 오늘 저는 안 선생님이 그동안 성파 종정의 〈반야심경〉 글씨를 판각한 목판본과 이를 한지에 시범 인쇄한 몇 부를 전달하는 뜻깊은 자리에 참석한 것입니다. 본인이 쓴 〈반야심경〉의 목각본을 받은 성파 종정께서는 밝은 미소로 고마운 마음을 표시하였습니다.

종정께서는 안 선생님이 미리 준비해 온 〈반야심경〉 인쇄본 말미의 빈 공간에 오늘 참석한 몇 분들의 경력과 특성에 맞추어 친히 글을 써 주셨습니다.

관료와 정치 등 공적인 삶을 살아온 저에게는 "국정천심순 관청민자안 처현부화소 자효부심관(나라의 일이 바르면 천심이 따르고, 관청이 맑으면 백성들이 스스로 안정되며, 부인이 현명하

면 집안에 화가 적고, 자녀들이 효성스러우면 부모의 마음이 너그러워진다)"이라는 수신제가 치국평천하의 도리를 담은 좋은 글귀를 내려주셨습니다.

저는 이 말씀을 가슴에 새기며 더욱 성실하게 몸과 마음을 닦아 도리에 어긋나지 않으면서 겸손하게 처신해야 하겠다고 결심을 했습니다.

참으로 분에 넘치는 좋은 인연을 만나 제가 이렇게 새롭게 쇄신하는 계기가 주어졌다는 것을 다시 한번 감사하게 생각하며 가슴에 새긴 의미를 곱씹어 보는 하루였습니다. 다시 한번 생각해 보며 잠자리에 들어야겠습니다.

나라의 일이 바르면 천심이 따르고, 관청이 맑으면 백성들이 스스로 안정되며, 부인이 현명하면 집안에 화가 적고, 자녀들이 효성스러우면 부모의 마음이 너그러워진다.

07 시절인연時節因緣

시절인연이라는 말이 있습니다. 이 말은 명나라 말기 중국 항주 운서산에 수도하던 운서주굉 스님(1535~1615)이 역대 유명한 조사들의 법어를 모아 편찬한 《선관책진(禪關策進)》이라는 책에서 나옵니다. 그는 이 책에서 득도를 "시절인연(時節因緣)이 도래하면 자연히 부딪혀 깨쳐서 소리가 나듯 척척 들어맞으며 곧장 깨어나게 된다."고 설명했습니다.

요즘 온 산하가 꽃밭입니다. 제가 사는 혜화동 빌라의 정원에도 형형색색의 여러 꽃이 만발하여 가히 꽃대궐이라 하겠습니다. 불과 두어 달 전 겨울의 끝자락에는 찬바람이 이따금 불고, 잎이 떨어진 나뭇가지는 앙상했으며, 생기가 사라진 노란색 풀들의 모습은 초라했습니다.

그러나 봄이 오니까 '언제 그런 일이 있었느냐?'는 듯이 이렇게 만물은 생동하며 제각기 그 황홀한 아름다움을 뽐내고 있습니다. 이렇듯 모든 사물의 현상은 특정한 시간과 공간이라는 환경 속에서 일어납니다. 그중에서 시간이란 요소가 아주 중요합니다. 즉, 아무리 이루고자 노력해도 적절한 때가 오지 않으면 이루어지지 않습니다.

그러나 좋은 때나 기회가 도래하면 일이 자연스럽게 이루어집니다. 이런 이치가 '시절인연'입니다. 그러나 이렇게 좋은 시절인연이 저절로 오는 것이 아니라고 봅니다. 좋은 인연의 씨앗을 뿌려야 좋은 결과를 얻는다고 봅니다.

우리가 살아가면서 뿌린 씨앗의 결실은 사람에 따라 나타나는 시기가 다르다고 합니다. 금생에 뿌린 씨앗을 금생에서 받거나(순현업 順現業), 전생에 짓고 금생에 받거나 아니면 금생에 짓고 다음 생에 받는 경우(순생업 順生業)도 있다고 합니다. 또한 그 업연을 여러 생에 걸쳐 받는 일(순후업 順後業)도 있다고 합니다. 이처럼 짓는 업연과 받는 과보의 시간적 차이가 세 가지 형태로 나타난다고 하여 불교에서는 이를 삼시업(三時業)이라고 합니다.

그러므로 우리가 지금 이 순간 할 일은 고대하던 시절인연이 오도록 평소 좋은 인연의 씨앗을 뿌리는 일입니다. 그런 연후에 일을 도모하다 잘 안 되면 하늘의 뜻을 수명(受命)한다는 자세로 "아직 나에게 시절인연이 오지 않았구나." 하고 '그때'가 오기를 겸허하게 기다리는 것입니다.

성경의 《고린도전서》 말미에 나오는 말처럼 "참고 견디고 기다리는 것"의 연속인 것 같습니다. 쉼 없이 정진하며 시절인연을 맞이합시다.

08 이 또한 지나가리라

조계종 종정인 성파 통도사 방장스님을 뵙고 신년인사를 드린 날입니다. 저와 동행한 이상규 전 국립국어원장(현 경북대 국문과 명예교수)께서 자신이 소장하고 있는 유명한 목판각수 안준영 이산책판박물관 관장이 판각한 〈법화경약찬게〉(《법화경(法華經)》 전체 내용을 간략하게 한 장으로 줄여 읊은 게송) 인쇄본 족자를 저에게 선물로 주셨습니다.

이 원장님은 성파 방장스님께 이 족자가 저에게 온 사연을 담은 글을 써달라고 부탁하였습니다. 큰스님께서는 지체 없이 펜을 들어 족자의 마지막 페이지 공간에 그 뜻을 새겨주셨습니다. 불자인 저는 아주 오랫동안 그것을 가보로 보관할 생각입니다. 뜻깊고 좋은 선물을 받아 기분이 참 좋습니다.

이런 좋은 날이 오기까지 여러 가지 일들이 있었습니다. 돌이켜보니 초기에 비교적 순조롭던 저의 직장생활은 세기말 변화와 함께 시절인연이 바뀌면서 본격적으로 고난이 닥쳤습니다. 바로 그때부터 저는 조계종 총무원 문화부국장 혜조 스님이 주신 《법화경(法華

經)》사경책을 매일 사경한 지 어느덧 20여 년이 되어 갑니다.

날마다 밥을 먹듯 하루도 빠짐없이 사경을 하는 것이 습관이 되면서 유형·무형의 여러 가지 좋은 일이 제게 생겼습니다. 특히, 어려움이 몰려와 몹시 세파에 흔들리는 마음을 다스리고, 다른 한편 좋은 일이 있어도 기분이 너무 들뜨지 않도록 담담하게 받아들이는 마음이 내면에 형성되기 시작하였습니다. 더구나 《법화경(法華經)》의 자구 한 자 한 자를 노트에 쓰면서 인생의 참된 의미를 깨닫는 시간이었습니다.

깨우침의 시간을 통해 얻은 것은 우리가 살아가면서 어쩔 수 없이 부딪치는 고난과 기쁨 모두 다 '이 또한 지나가리라' 하는 수용과 감사의 마음으로 맞이할 일이라는 것입니다.

09 행복한 가정에 대하여

5월은 가정의 달입니다. 어린이날과 어버이날을 비롯하여 가정과 관련된 여러 기념일이 겹쳐 있어 평소 가정을 제대로 생각하지 않던 사람들도 5월이 되면 가족의 화목과 행복을 어떻게 증진할까 한번쯤 생각하게 됩니다.

그런데 요즘 우리 사회는 경제적인 문제, 성격 차이 등 여러 가지 이유로 가정 내 불화가 급증하여 가족 해체에 직면해 있습니다. 그래서 세계 최고의 자살률과 이혼 등으로 불행한 삶을 이어가고 있습니다. 특히 가정 내의 행복한 삶을 영위하기가 어려운 것은 어제 오늘의 문제는 아닌 것 같습니다. 외견상 부러울 것 없는 집도 찬찬히 뜯어보면 이런저런 불행한 가정사로 아무에게 말도 못하고 혼자서 심한 몸살을 앓고 있습니다. 다만 그 고통이 얼마나 당사자에게 심리적 타격을 주느냐 정도의 차이만 있을 뿐입니다.

제가 한국인의 사생관에 관한 강의를 준비하면서 읽은 〈삼사횡입황천기〉라는 우리나라 고전소설을 보면 부부간에 화목하고 즐겁게 사는 것(의가지락, 宜家之樂)이 얼마나 어렵다는 것을 금방 알 수 있습니다. 그 내용은 다음과 같습니다.

어느 날 백악산을 지나던 저승사자가 만취하여 반생 반사하며 사는 세 선비를 보고 그들의 수명보다 30년이나 빨리 저승으로 잡아갔습니다. 저승 명부에 기재된 날보다 너무 일찍 데려온 것을 안 염라대왕은 환생을 염원하는 세 선비의 소원을 듣고 이를 허락합니다. 그중 두 선비는 문무의 높은 벼슬 운을 구하자 바로 그렇게 하겠다고 말합니다. 그러나 다른 선비 하나는 세상 근심 없이 의가지락(宜家之樂)을 누리며 살기를 원하자 염라대왕은 어떤 성현도 할 수 없는 일을 원하는 욕심 많고 불측한 놈이라고 호통을 칩니다.

이 소설에서 우리는 이름이 널리 알려지며 부귀공명을 누리며 사는 것보다는 의가지락을 누리며 평범하게 사는 삶을 긍정적으로 평가하는 우리 선조들의 인식을 엿볼 수 있습니다. 그런데 부부가 화목한 가운데 소소한 일상적 행복을 이렇게 가정 내에서 늘 누리기가 참으로 어렵습니다. 오죽하면 염라대왕도 어느 성현도 이루지 못했다며 이런 삶을 부러워하겠습니까.

그래도 우리는 가정의 행복을 위해 끊임없이 노력해야 합니다. 사람이 살아가는 데 가장 기본 단위인 가정이 행복해야 사회나 국가의 행복도 이루어집니다. 가정이 행복하려면 무엇보다 가족 성원들이 서로 인내하며, 내 몸처럼 안타까운 마음으로 돌보는 마음과 헌신하는 행동이 있어야 합니다.

여러분도 가정의 달을 맞아 의가지락을 누리며 잘 살기 바랍니다.

10 지도자의 중요성

오늘 오후 수유리에 있는 화계사에 다녀왔습니다. 여러 인연들이 겹쳐 오래전부터 저는 이곳에 자주 다니는 편이었습니다. 그러나 코로나 사태 등으로 상당 기간 방문할 기회가 없었습니다.

절 입구에 들어서는 순간 제가 가지 않았던 지난 몇 년 사이에 화계사의 면모가 많이 바뀐 것을 실감했습니다. 여러 동의 건물이 새로 들어섰고, 주지실 등 기존의 낡은 건물은 개보수되어 산뜻한 느낌이 들었습니다. 수암 주지스님께서 자연공원 지역에서의 규제 완화와 대작 불사에 따른 비용 마련 등 대내외의 난관을 극복하며 그 짧은 기간에 엄청난 변화를 일으켰습니다.

그분과 차담을 하면서 저는 그간의 위대한 성취에 대해 경의를 표했습니다. 그러나 스스로 자랑할만한 일인데도 스님께서는 당연히 해야 할 일을 했다면서 별일이 아니라는 반응을 보였습니다.

스님과 여러 얘기를 나누고 돌아오는 길에 그분이 이룩한 화계사에서의 큰 변화를 보면서 다시 한번 국가나 사회, 그리고 기업 등 사회집단의 발전에 지도자가 얼마나 중요한 역할을 하는가를 절절하게 느꼈습니다. 특히 지도자의 생각과 비전, 시대정신을 담은 정책의 실행 의지와 능력 등이 국가공동체의 운명을 가른다는 생각이 들었습니다.

즉, 나라를 이끄는 지도자는 우선 국가나 사회가 현재 당면하거나, 앞으로 겪게 될 사태를 비교적 정확하게 예견하는 능력을 갖추는 것이 필요합니다. 아울러 각계의 전문가를 적재적소에 기용하여 이런 국가적 과제를 극복하려는 정책대안을 마련하고, 좌고우면하는 일 없이 적기에 시행하는 결단력이 있어야 합니다. 마지막으로 극적인 언어구사력을 통해 국가의 정책을 상대 정파는 물론 국민들에게 잘 설득하는 능력을 갖추어야 합니다.

이런 자질을 갖춘 지도자를 헌신적으로 보필하는 지도층과 함께 국민들이 신나게 일하면 위대한 역사가 만들어집니다. 지난 1960년대 이후 우리나라 발전사가 바로 그것을 증언하고 있습니다. 그 시절 왕성한 '국운 개척정신'으로 무장한 지도자와 '잘 살아보자'는 국민의 합심된 노력으로 세계인이 놀랄만한 경제 기적과 민주 기적을 이룩하였습니다.

우리 국민들은 지도자가 누구냐에 따라 국가의 운명이 달라진다는 것을 명심하면서 앞으로도 무궁한 번영을 위해 지도자와 모든 국민이 노력해야겠습니다. 대한민국 만세!

11 나라 만들기

코로나 바이러스로 인한 사회적 거리 두기 등으로 집에서 지낸 날이 많습니다. 운동도 게을리하다 보니 체중이 제법 늘었습니다. 그래서 며칠 전부터 저녁 시간을 이용해 꽃이 지천으로 피어있고 걷기에 편한 성북천 삼선교에서 청계천 방면으로 걷고 있습니다.

운동하러 그곳에 가보면 상당히 늦은 시간인데도 많은 사람이 걷고 있는 것을 볼 수 있습니다. 특히 뛰거나 빨리 걷는 사람들이 제법 많습니다. 다들 건강관리에 최선을 다하고 있다는 생각이 듭니다. 우리가 건강해지려면 이렇게 규칙적으로 운동하는 등 평소에 건강관리를 잘해야 합니다. 아무리 건강한 사람도 이런 노력이 없으면 어느 때가 되면 자신도 모르는 사이에 병이 듭니다.

같은 논리의 연장선상에서 다수의 개인이 모여서 구성되는 지역 사회나 국가와 같은 공동체도 건강하게 발전되려면 끊임없이 관리를 받아야 합니다. 국민 개개인의 일상적 삶에 가장 큰 영향력을 행사하는 최고의 존재인 국가가 지속적인 번영을 하려면 제대로 된

'국가 만들기' 작업이 계속 있어야 합니다.

우리는 국민이 편안하고 안전하게 살 수 있는 높은 국력에, 우리의 삶을 이끄는 문화가 세계의 표준이 되는 격조 있는 국가를 만들었으면 하는 희망을 품고 있습니다. 좋은 나라를 만들려면 시대 변화를 선도하는 혁신적 체제 관리가 필요합니다. 이를 위해 새로운 시대에 적합한 제도와 문화를 만들고, 이를 이끌고 갈 인재를 지속해서 양성해야 합니다. 이 과정에서 생기는 구체제의 파괴와 신체제 건설이라는 역동적인 작업을 율곡 이이는 창업, 수성, 그리고 경장이라는 말로 설명했습니다.

1948년 창업한 대한민국은 전쟁과 가난을 이기고 산업화와 민주화를 통해 수성에 비교적 성공했습니다. 지금 우리는 인간의 삶이 근본적으로 변화하는 문명 대전환의 시기에 서 있습니다. 수렵과 채취시대에서 농업사회로, 다시 농업사회에서 공업사회로의 변화를 능가하는 대격변의 시대라고 볼 수 있습니다.

세상의 패러다임이 획기적으로 바뀌는 이 시기를 우리가 잘못 대응하면 또다시 후진국으로 전락할 수밖에 없습니다. 그러므로 대대적인 혁신 즉, 경장이 있어야 합니다. 과거의 낡은 이념과 제도로는 빠르게 변화하는 이 시대에 생존할 수 없습니다. 누구를 막론하고 혁신적 사고로 빛나는 대한민국의 미래를 준비해야겠습니다.

PART 04

예술

01 미술 한류를 기대해 본다

무더운 날씨가 연일 지속됩니다. '이제 확연히 여름이구나' 하는 느낌이 들었습니다. 더위를 뚫고 국립현대미술관 과천관에서 열리는 〈한국의 채색화 특별전: 생의 찬미〉 전시회에 다녀왔습니다.

한국의 채색화는 전통적으로 벽사, 길상, 교훈, 산수 등이 주조를 이루고 있습니다. 이는 한국인의 일상적 삶에서 좋은 기운을 불러들이고(축원), 나쁜 기운을 쫓는(벽사) 역할을 하였습니다.

이런 전통을 가진 한국의 채색화는 고구려의 고분벽화는 물론 고려불화, 조선시대 초상화, 산수화, 장식화, 화첩, 병풍 등으로 이어졌습니다. 다만 조선시대 선비들이 주도한 수묵화가 주류 미술로 떠오르면서 상대적으로 비중이 작아지게 되었습니다.

더구나 일제강점기 아래서 조선총독부가 주최한 〈조선미술전람회〉를 통해 '일본화'라는 채색화 양식을 소개하면서 벽사와 축원이 주조가 된 우리의 전통 채색화는 민예품으로 전락하였습니다. 심지어 해방 이후 우리 정부가 주최한 〈대한민국미술대전〉에서 '일본화'에 대한 반감으로 채색화는 배제되었습니다.

　이번 전시는 여러 가지 이유로 지난 100년 정도 우리가 소홀히 대접했던 우리의 채색화를 재조명하는 데 있었습니다. 즉, 대문·서가·정원·주변 풍경 등 우리들의 일상적 삶의 공간에서 채색화가 어떻게 기능하고 있는지를 잘 설명하고 있었습니다. 전시회에는 성파 조계종 종정, 이종상 예술원 회원, 박대성, 박생광, 신상호, 오윤, 황창배, 이영실 화가 등 유명작가 60여 명, 80점이 출품되었습니다. 저는 이번 전시회에 한국의 자연과 한국인의 동시대성 삶을 탁월하게 재해석한 성파 종정과 이영실 작가와 인연이 있어 참석하였습니다.

　지금 한국영화, 드라마, K-pop 등 대중문화 한류가 날로 인기를 더해가고 있습니다. 예를 들어 몇 년 전부터 시작한 BTS의 폭발적 인기는 식지 않았고, 엊그제 칸영화제에서 박찬욱 감독과 송강호 배우가 각각 감독상과 남우주연상을 받은 바 있습니다. 이제 이런 기세를 살려 '미술 한류'를 일으킬 차례입니다. 그렇게 되려면 우리의 수묵화는 물론 채색화가 세계 보편적 호소력을 갖도록 해야겠습니다. 아울러 한국적 사유가 실린 서양화를 세계만방에 알리는 노력이 있어야 하겠습니다. 미술인 여러분이 힘차게 달려볼 수 있도록 미력하나마 힘을 보태려 합니다.

미술 한류 파이팅!

02 자수 예술가

40세가 넘은 나이에 자수 예술계에 입문하여 끊임없이 혼신의 힘을 다해 정진한 결과 남들이 놀랄만한 업적을 이룬 분을 만났습니다. 그의 작품은 국내에서는 물론 프랑스와 중동 등 해외에서 호평을 받고 있습니다.

여름을 재촉하는 비가 촉촉이 내리는 밤, 고향 친구 곽일두의 소개로 만난 분은 이용주 자수 예술가와 그의 부인 최시우 씨입니다.

그의 작품을 처음 보았을 때는 그냥 화가가 그린 그림이라고 생각했습니다. 그런데 명주실로 한땀 한땀 구성한 이용주 작가의 자수 작품이라는 설명을 듣고 깜짝 놀랐습니다. 아니 '바느질로 이렇게 정교하고 아름다운 예술품을 만든다는 것이 어떻게 가능하단 말인가.' 하는 생각이 들었습니다.

이 작가는 1957년 서울시 종로구 부암동에서 태어났습니다. 그의 집은 몹시 가난하여 공부하기 위해 방에 전깃불을 밝히는 것도 금하였다고 합니다. 그래서 사방이 깜깜한 밤에는 가로등 밑에서 책을 볼 정도였다고 합니다. 이에 따라 중학교 졸업 후 자신의 소질을 살려 영화 간판을 그리는 일을 하려고 했다고 합니다. 다행히 주변 사람들의 인도로 국비 지원을 받는 철도고에 진학하여 40세가 넘도록 공직생활을 하였습니다.

공직을 그만둔 후 어린 시절부터 꿈에 그리던 미술인의 인생을 살겠다는 마음은 그를 자수 예술가로 변신시켰다고 합니다. 그리고 그는 한국의 전통 자수법으로 세계인을 감동시키는 소재와 주제를 담아내고 있습니다.

이제 그는 전통의 단순한 복원을 넘어 동양적 사유가 담긴 세계적 보편성을 가진 창조적 작품을 선보일 차례입니다. 꼭 그렇게 되어 지금 일고 있는 '대중문화 한류'에 이어 '미술 한류'의 주역으로 그가 등장하기를 빌어봅니다.

03 서혜경 피아노 연주회

장미꽃 향기가 그윽한 밤, 예전에 몸담았던 예술의전당을 다시 찾았습니다. 둘째 딸과 함께 연주회를 감상하러 와서인지 음악분수에서 나오는 다채로운 빛과 음악, 옷자락을 스치는 밤공기는 솜사탕처럼 달콤합니다.

좋은 기분으로 예술의전당 IBK 챔버홀에서 울려 퍼지는 〈서혜경 피아노 리사이틀〉을 감상하였습니다.

세계적으로 유명한 미국 줄리아드 음악원에서 박사학위까지 받은 그녀는 이미 '건반 위의 여제'로 알려져 있습니다. 그런 명성에 걸맞게 폭발적인 파워와 섬세하고 현란한 연주에서 나오는 다양한 피아노 음색으로 청중의 영혼을 심하게 흔들어 놓았습니다.

오늘 그녀는 베토벤의 소나타 작품 위주(비창, 월광, 열정 등)로 연주를 했습니다. 그녀는 앵콜곡을 연주하기 전에 마이크를 잡고 "청각을 상실하기 시작하면서 생긴 고독감에다, 사랑하는 여인의 마음을 얻지 못한 좌절감에 빠진 베토벤은 이 고통스러운 운명을 극복하려는 열정으로 이런 곡들을 작곡했다."고 설명하였습니다. 아울러 이런 사연을 가진 "베토벤의 곡을 들려주어 코로나로 지친 시민들을 위로해 주고 싶었다."고 말해 관객들로부터 만장의 박수갈채를 받았습니다.

어릴 때부터 심취한 대중음악에 비해 클래식 음악은 아직도 익숙하지 않지만, 오늘 비교적 널리 알려진 곡들이라 듣기가 편했습니다. 특히 앙코르곡으로 연주한 베토벤의 〈엘리제를 위하여〉와 리스트의 〈라 캄파넬라〉를 들으며 '참 아름답구나' 하는 느낌이 쉽게 다가왔습니다.

아마 그녀는 이렇게 관객들의 마음을 사로잡는 기량을 선보이기 위해서 타고난 재능에다 수많은 밤을 지새우는 노력을 했을 겁니다. 그녀의 연주를 통해 '정진의 축적'이 가져오는 기적에 대해 다시 한 번 생각해 봅니다.

사람들이 감탄하는 위대한 음악가는 하루아침에 완성되는 것이 아니라는 사실을 말입니다. 감동을 선사해 준 그녀에게 감사의 마음을 보냅니다.

04 목인박물관

아주 특별한 전시를 관람했습니다. 목인박물관에서는 여러 나라 사람들이 애용하는 지팡이를 주제로 전시하고 있었습니다. 다양한 소재로 만든 여러 가지 형태와 용도의 지팡이를 보면서 감탄이 절로 나왔습니다.

종로구 부암동 인왕산 자락에 있는 이곳은 사방에 핀 화려한 꽃들이 사람의 마음을 들뜨게 하는 마력도 가졌습니다. 봄날 포근한 날씨와 맑은 하늘, 좋은 기분으로 관람하며 목인박물관의 본래 목적도 알게 되었습니다.

이 박물관은 선조들이 종교·주술·의례에 사용하는 나무조각인 목인을 전시하기 위해 2006년 인사동에서 개관했다고 합니다. 그 후 이곳으로 자리를 옮겨 다양한 석물들도 전시하는 목석원으로 바뀌었다고 합니다. 김의광 관장님의 안내로 야외에 여기저기 놓여 있는 문인석과 무인석, 동자석 등 여러 석물과 탈, 옹기 등 각종 민속자료를 관람하였습니다.

우리나라 각 지방과 각국의 다양한 석물들을 한눈에 보면서 많은 것을 배울 수 있었습니다.

수많은 민속자료 하나하나가 인왕산과 북한산, 북악산 등 주변의 빼어난 자연풍광과 조화를 이루며 잘 배치되어 있어 '참 좋구나' 하는 느낌이 금방 들었습니다. 목인박물관이 이 정도로 자리를 잡기까지 김 관장이 쏟은 열정과 정성이 얼마나 대단한지를 곧바로 깨닫게 되었습니다.

그는 이승만 대통령 집권기에 상공부장관, 내무부장관, 교통부장관 등을 역임하며 대한민국 건국의 기초를 닦은 김일환 장관의 둘째 아드님입니다. 그는 이곳에 한국과 다른 나라의 민속문화 자료들을 전시하여 한국문화의 보존과 발전, 그리고 관광진흥을 선도함으로써 그의 아버지와 다른 방식으로 나라의 선진화에 이바지하고 있었습니다.

문화를 보존하고 발전시키며 문화민족의 자긍심을 올리는 일을 묵묵히 해가는 숨은 영웅들을 볼 때마다 가슴이 뭉클합니다. 감사하고 감사한 일입니다.

05 가곡 〈사우^{동무생각}〉

비가 내립니다.

아침부터 비가 내립니다. 봄을 재촉하는 비가 내려 화단의 꽃눈이 봉긋 올라온 모습이 보입니다. 나무에 생기가 돌고 화려한 봄날이 올 것 같은 기대감이 커집니다. 아마 이 비로 생명력을 얻은 지상의 식물들이 왕성하게 피어날 것입니다. 그러면 온 천지에 '봄의 교향악'이 화려하게 울려 퍼질 것입니다.

이 '봄의 교향악'이란 단어가 주는 낭만적 상상이 과거를 향해 마구 달려갑니다. 대중적 빈곤이 만연했던 1960년대 후반 남해 상주중학생 시절 저는 풍금 반주에 맞추어 우리 반 친구들과 함께 박태준 선생님이 작곡한 〈사우(동무생각)〉를 신나게 불렀습니다.

봄의 교향악이 울려 퍼지는
청라언덕 위에 백합 필 적에
나는 흰나리꽃 향내 맡으며
너를 위해 노래 노래 부른다

청라언덕과 같은 내 맘에
백합 같웃 내 동무야
네가 내게서 피어날 적엔
모든 슬픔이 사라진다

이 노래를 작곡한 박태준 선생님은 대구 계성학교를 다닐 적에 그 인근에 있는 신명여학교의 어떤 아름다운 여학생 한 분을 짝사랑했다고 합니다. 봄날 아지랑이 피어오르듯 환상적으로 다가오는 사랑의 감정을 표현도 못하고 오직 가슴에만 간직했던 그는 평양 숭실전문학교를 졸업한 후 마산 창신학교에서 영어와 음악을 가르쳤습니다(1921~1923년).

그 시절 박 선생님은 문학과 음악, 그리고 인생을 논하며 아주 가깝게 지낸 동료 국어교사 이은상에게 그 사연을 털어놓았다고 합니다. 자신의 고종사촌을 박태준의 평생 반려자로 중매했던 이은상 선생님은 박 선생님의 이 얘기를 이렇게 아름다운 시로 승화시켜 후일 많은 한국인들이 애창하는 국민 가곡으로 탄생시켰습니다.

이 노래 가사에 나오는 푸른 담쟁이넝쿨(청라)이 무성했던 대구시 중구 동산동에는 미국에서 온 세 선교사들이 살기 위해 지은 2층 양옥의 사택이 있었다고 합니다. 지금 계명대 동산의료원 의료선교박물관이 있는 이곳에는 이 노래를 작곡했던 박태준 선생님의 노래비가 있습니다.

봄비가 주는 서정이 아름다운 날입니다. 이제 새롭게 움트는 봄과 함께 하루빨리 코로나가 극복되어 좋은 마음을 주고받을 수 있는 친구들과 즐겁고 행복한 나날을 보낼 수 있길 기원합니다.

06 일본 도자기의 어머니, 한국 여인 백파선

평소에 친분이 있는 윤정국 전 김해문화의전당 사장과 함께 이혜경 백파선역사문화아카데미 대표와 저녁을 같이 했습니다. 이 대표의 직함에 있는 '백파선'이 무엇을 의미하는지 묻는 것으로 대화를 시작하였습니다.

'머리가 하얀 할머니'라는 뜻을 가진 이름 없는 여인 백파선은 정유재란 때 김해에서 일본으로 끌려간 조선 도공 김태도의 아내입니다. 그녀가 남편과 함께 처음 정착하여 활동한 곳이 일본 다케오시 광복사 인근의 고도우게 가마터로 알려져 있습니다.

남편이 66세로 타계하자 일족 960명을 이끌고 아리타 히에고바로 옮긴 후 96세로 돌아갈 때까지 30년 동안 도자기를 구웠습니다. 이 과정에서 그녀는 흙 만지고, 빚으며, 그림 그리고, 유약을 바르는 일 등 도자기 생산의 분업을 시도하여 획기적인 성과를 이루어냈습니다.

이에 따라 그녀가 정착한 아리타는 일본 도자산업의 핵심 지역이 되었습니다. 그 시절 일본에 끌려간 조선 도공 심수관과 이삼평은 우리들에게 이름이 많이 알려져 있습니다. 그러나 일본 도자산업의 어머니가 된 백파선은 아직 많이 낯선 상태입니다.

임진왜란 당시 조선의 도자술은 당대 최첨단이었고, 일본 지도층들은 미감이 몹시 우수한 조선 도자기를 갖고 싶어 하였습니다. 그래서 일본 막부는 전쟁 과정에서 조선의 수많은 사기장을 잡아가, 이를 더욱 발전시켰습니다.

산업적 측면에서 16세기 일본의 도자기는 지금의 반도체와 맞먹는 역할을 했습니다. 일본에서 심수관·이삼평·백파선 등 조선 도공의 후예들이 규슈·가고시마·나가사키 등에서 만든 도자기들은 벨기에·네덜란드·독일 등 유럽에 수출되어 호평을 받았습니다.

이처럼 임진왜란 직후 일본에서 여성 예술가이자 기업가로서 당당히 자리를 잡은 백파선에 대한 보다 정밀한 연구와 선양작업이 필요하다고 봅니다. 아울러 조선 도자문화의 일본 전파와 세계사적 파급효과도 세밀하게 파고들어야 하겠다는 생각이 들었습니다.

07 정신 문화 한류 확산 기원

저는 KTX를 타고 대구시 달서구에 있는 이상화기념관에서 열린 이상규 전 국립국어원장(경북대 국문과 명예교수) 출판기념회에 다녀왔습니다. 노래와 연주, 시낭송 등이 포함된 북토크 행사는 항일 민족 시인 이상화의 문학과 삶을 조명한 《두 발을 못 뻗는 이 땅이 애달파》라는 책을 펴낸 이상규 원장의 노고를 치하하는 자리였습니다.

이 원장은 이 책의 집필 동기와 과정을 담은 모두발언(冒頭發言)과 경북대 사대 독문과 변학수 교수와의 대담을 통해 동시대의 문인과 후배들에 의해 이상화 시인의 시가 그간 우리 사회에서 얼마나 오독됐는지를 명쾌하게 설명했습니다. 이를 통해 우리 문학사에서 차지하는 그의 위상을 복원하는 자리가 되었다고 봅니다.

문화체육관광부 어문과장 시절부터 아주 오랫동안 이 원장을 잘 알고 있습니다. 축사를 통해 저는 그와의 각별한 개인적 인연을 얘기하면서 앞으로 이 원장의 이번 작업처럼 우리 민족의 정서를 모국어로 잘 표현한 우리 문학인에 대한 연구와 조사, 그리고 대외 홍보작업이 절실하다고 밝혔습니다. 이를 통해 지금 전개되고 있는

영화·드라마·K-pop 등 '대중문화 한류'에 이어 '문학 한류' 등 '클래식 문화 한류', 그리고 '정신 문화 한류'로 이어지기를 희망한다고 말했습니다.

제가 공직자가 된 이후 많은 시간을 문화체육관광부와 그 산하 기관에 근무한 바 있습니다. 그래서 정말 우리나라가 물질적으로 선진화되는 것은 물론 문화적으로도 세계의 모델이 되는 일류 선진 국가가 되기를 기원합니다.

08 이어령 장관을
평생 이끌고 온 작가정신

오늘 정부는 이어령 전 문화부장관에게 금관문화훈장을 수여하였습니다. 정말 받을 만한 분이 받았다는 생각이 들었습니다. 문학 평론가로서 20대부터 이미 뛰어난 문장력과 언변으로 문단에 이름을 날린 이 장관님의 문화계 업적은 타의 추종을 불허합니다. 《문학사상》이라는 잡지를 발간하고, 한·중·일 문화를 비교하는 책도 냈습니다. 또한 《장군의 수염》《흙 속에 저 바람 속에》《축소지향의 일본인》《디지로그》 등 시대와 문화의 전환을 알리는 여러 책을 내어 낙양의 지가를 올렸습니다.

장관께서는 노태우 정부에서 신설한 문화부의 초대 장관으로 임명되어 문화행정의 초석을 놓았습니다. 외국 유학을 가지 않고도 국내에서 세계적인 예술가를 양성하겠다며 한국예술종합학교를 설립하고, 우리 말과 글을 체계적으로 연구하고 보급하는 국립국어원을 만들어 지금 혁혁한 성과를 거두고 있습니다. 아울러 한국의 문화 상징을 발표하고, 우리 역사 속의 문화 인물을 선정하며, 예술가의 장한 어머니상을 제정하였습니다.

또한 1988년 서울올림픽 개폐회식의 문화 이벤트를 만드시고, 21세기 개막을 기념하는 〈천년의 문〉을 구상하는 등 문화 분야에 남긴 그의 족적이 너무나 큽니다.

저는 이 장관님이 문화부에 재직 중일 때에는 청와대 근무 후 미국 유학 중이어서 직접 모시지를 못했습니다. 그러다가 이 장관님이 퇴직한 후에 문화체육관광부에서 과장과 국장으로 근무할 때 종종 뵙고 자문을 받을 기회가 있었습니다. 그러다 문화부차관 퇴직 후에 자주 찾아뵙고 대소사를 의논하였습니다.

그때 이 장관님께서 아이들의 지적, 정서적 능력이 3세 이전에 거의 결정된다고 역설했습니다. 이에 따라 3세 이전 아이들의 교육 방향을 연구하여 널리 알리는 가칭 '세살교육연구원'을 만들어 같이 하자고 하셨는데 제가 예술의전당 사장으로 발령나면서 그 프로젝트가 무산되었습니다. 그후 이 장관님이 암으로 투병한다는 기사를 읽고 2019년 10월 평창동 집으로 가서 문안 인사를 드렸습니다. 몸이 아프지만 제게 삶의 의미와 길을 제시하는 여러 얘기를 열정적으로 해 주었습니다.

이어령 작사, 이강숙 작곡의 한국예술종합학교 교가에 보면 "남들이 모두 잠들었을 때 홀로 눈을 떴구나"와 "남들이 모두 섰을 때도 홀로 걷는구나"라는 구절이 있습니다. 이는 시대정신을 구현하려는 예술가의 치열한 몸부림을 설파한 가사입니다. 바로 이것이 이어령 장관을 평생 이끌고 온 작가정신이라고 봅니다.

다시 한번 수상을 축하드리며, 건승을 기원합니다.

PART 05
사색

01 시간의 상대성

1980년 초 문화공보부에서 같이 근무했던 선배님이 보내온 NTD 영상자료를 보다가 윌리엄 셰익스피어의 시간에 대한 말을 듣고 아주 많이 공감했습니다.

"시간은 기다리는 사람에게는 느리게 흘러간다. 두려워하는 사람에게는 빠르게 흐른다. 슬픔에 잠긴 사람에게는 길어지고, 축하하는 사람에게는 짧아진다. 하지만 사랑하는 사람에게는 영원하다."

우리는 흔히 사람이 느끼는 시간이 절대적으로 같다고 생각하기 쉽습니다. 그러나 개개인이 처한 상황에 따라서 같은 시간도 길게 느낄 수 있고, 어떨 때는 짧게 느낄 수 있습니다.

대체로 우리들은 행복한 순간은 짧게 느끼고, 불행한 시간들은 길게 느끼는 것 같습니다. 이 모두가 시시각각 외물의 변화에 휘둘리는 우리들의 불안정한 마음이 일으킨 결과물이라 생각합니다. 그러므로 무엇보다 수천 길 물 속에 있는 큰 바위처럼 흔들리지 않는 마음을 갖는 것이 필요합니다. 다시 말해 우리는 다가오는 헛된

망상과 번뇌로 마음이 흔들리지 않고 고요한 상태를 유지해야 합니다. 이를 위해 기도와 명상 등 마음수련을 꾸준히 하는 것이 좋습니다.

어떤 일이 생겨도 크게 흔들리지 않는 마음가짐으로 끊임없이 흐르는 시간의 주인공이 되어 행복한 나날을 보내시기 바랍니다.

02 어떻게 해야 복락을 누릴 수 있나

한국인들은 '복(福)'이라는 단어를 매우 좋아합니다. 그래서 한국어에는 복조리·복주머니·행복·복락 등 복이 들어간 단어가 많고, 복길·복자·복희 등 이름에도 복자를 많이 사용합니다. 특히 신년인사를 할 때 "새해 복 많이 받으세요"라는 말을 밥 먹듯이 합니다. 이런 문화 아래서 성장한 한국인들은 자연스럽게 현세에 복을 많이 누리기를 끊임없이 갈구합니다. 어쩌면 현세를 넘어 세세생생 그런 복락을 누렸으면 하는 마음을 가진 사람이 많다고 봅니다. 여러 생에 걸쳐 한없이 복 받기를 바라는 한국인의 염원을 담은 단어가 바로 '복락무극(福樂無極, 복락을 끊임없이 누리다)'입니다.

복락무극은 불교경전 《불설우란분경(佛說盂蘭盆經)》에서 나옵니다. 이 경전에 따르면 부처님과 그의 제자들이 일심으로 기도하여 지옥에서 고생하는 목련존자의 어머님을 구제했습니다. 이런 일화에서 탄생한 '우란분절(盂蘭盆節)'에 즈음하여 만약 우리가 현세와 과거 7세 부모의 극락왕생을 기원할 뿐만 아니라 다른 '무주고혼(無主孤魂)'이 고통을 떨쳐버리고, 안락함을 얻기 바라는 법요식을 제대로 하게 되면 복락이 다함이 없다(복락무극福樂無極)고 합니다.

효를 강조하는 전통문화의 특성을 반영하여 우리나라에서는 이 우란분절 행사를 '백중(百衆)'이라 하여 과거에는 설과 추석에 버금 갈 정도로 큰 민속행사였습니다.

저는 아끼는 후배와 인사동 가회라는 음식점에서 식사하면서 이 글자를 쓴 액자를 보았습니다. 가회의 여 주인이 유명한 서예가 여초 선생과 친구인 이주 승명천 선생님으로부터 병자년(1996년)에 이 글씨를 받았다고 합니다. 운필이 물 흐르듯 부드럽고, 단아한 글 씨를 보면서 저는 우리의 현실적 삶을 대조시켜 봅니다. "모든 생명 체는 자기 삶의 무게를 지고 간다."라는 말처럼 우리의 삶은 고난의 연속입니다. 다만 어떻게 이 고통스러운 파동의 진폭을 낮출 수 있 을까 하는 것만 남는 것 같습니다.

이런 생각을 가지고 있던 차에 우리나라 감리교 감독 회장과 CBS 이사장을 역임한 표용은 원로 목사님(91세)을 만났습니다. 여러 얘기 끝에 그분께서 행복한 삶을 사는 방법을 저에게 말씀해 주셨 습니다.

우선 만악의 근원인 '지나친 욕심'을 버리라고 했습니다. 둘째로

남을 적극적으로 도와주라고 말씀하셨습니다. 셋째로 모든 일에 대해 긍정적인 생각을 하라고 합니다. 넷째 감사하는 마음을 가지라고 합니다. 다섯째 남을 용서하라고 합니다. 이런 자세로 살면 행복이라는 열매가 저절로 열린다고 하셨습니다.

표 목사님께서 주신 이 좋은 말씀을 가슴에 새기며 저는 험난한 생의 무게를 견뎌나갈 생각입니다. 이렇게 하다 보면 뜻밖에 조그마한 복락이라도 누릴 수 있지 않을까 생각합니다.

03 평상심이 바로 도^道

　며칠 간 몰아쳤던 강추위가 사라지고 봄날처럼 훈훈한 느낌이 들었습니다. 인사동에서 점심을 먹고 서대문구 홍은동에 있는 백련사의 운경 회주스님을 찾아뵈었습니다.

　법당 참배를 마치고 운경 큰스님이 거처하시는 운림원으로 들어가는데 '평상심시도(平常心是道)'라는 글귀가 눈에 들어왔습니다. 저는 남해 금산 보리암 주지를 지낸 묘유 스님으로부터 오래전부터 이 말을 자주 들었습니다. 그래서 저는 운경 큰스님과 차담을 하는 중간에 평소 눈에 익은 이 글씨 얘기를 슬그머니 꺼냈습니다. 그러자 운경 스님은 불교 입문 초기에 소위 '도(한소식)'를 얻기 위해 약간 별스럽게 수행을 하고 있었다고 합니다. 이를 본 전 태고종 총무원장 남허 스님께서 향후 수행의 지침으로 삼으라면서 이 글을 써 주셨다고 합니다.

　당나라 때 어떤 승려가 "도(道)란 무엇입니까?" 하고 선승 마조 도일에게 물으니 그가 이 말을 했다고 합니다. 일반적으로 '도(道)'라고 하면 보통 사람이 도저히 생각하거나 행할 수 없는 무엇으로 상

상합니다. 그러나 우리들의 일상생활과 도를 얻는 수행이 따로 있지 않습니다. 보통 사람이 일체의 분별과 조작, 그리고 번뇌가 없는 인간 본래의 청정한 마음으로 일상생활을 하는 마음이 바로 도라는 것입니다.

온갖 형태의 진흙탕 싸움이 한순간도 쉬지 않고 격렬하게 전개되는 사바세계에서 선을 실천하는 것은 참으로 어렵습니다. 그러나 그것을 얻기가 어렵다하여 포기할 일은 아닌 것 같습니다.

창문에 쌓이는 먼지를 닦아내듯 매일 우리의 일상속에서 기도와 보시(布施) 등 정진을 통해 공덕을 쌓아야 하겠습니다.

04 길 없는 길

겨울을 재촉하는 비가 주룩주룩 내립니다. 비를 동반한 강한 바람으로 인해 나무에 간신히 매달려 있던 얼마 남지 않은 잎들이 이리저리 휘날립니다. 바닥에 떨어진 물먹은 낙엽들을 밟으며 웅크린 자세로 빠르게 걷는 사람들의 모습에서 겨울이 확실히 오는구나 하는 것을 느낍니다.

일기는 불순하지만 의왕시에 있는 청계사에 가기 위해 아침 일찍 집을 나섰습니다. 구불구불한 산길을 따라 자동차로 청계산 계곡을 한참 오르니 안개에 반쯤 가려진 청계사가 보였습니다.

사람의 감성을 자극하는 좋은 글로 낙양의 지가를 올렸던 인기 작가 최인호 소설가가 쓴 《길 없는 길》이라는 소설이 갑자기 생각났습니다. 1849년에 태어나 1912년에 입적하신 경허 스님의 일대기를 그린 구도소설을 저는 오래전 아주 감명 깊게 읽었습니다.

아버지를 일찍 여의고 9세의 어린 나이로 어머니 손에 이끌려 청계사에 온 경허 스님은 계허 스님을 은사로 출가하였습니다. 그는 이곳에 있던 처사의 도움으로 글을 깨우친 후 계룡산 동학사 만화

강백으로부터 9년간 불교교학은 물론 유학과 노장사상을 익혔습니다. 1871년부터 그는 동학사의 강사로 있으면서 명강의로 이름을 날렸습니다.

그러다가 1879년 자신의 스승 계허 스님을 찾아가던 중 전염병으로 수많은 사람이 죽는 것을 보고 충격을 받고는 참선을 통해 문자로 설명할 수 없는 삶의 참모습을 찾기로 하였습니다. "나귀의 일이 끝나지 않았는데 말의 일이 닥쳐왔다."는 화두를 가지고 인간으로서 감당하기 어려운 용맹정진을 하였습니다.

그러던 어느 날 동학사 밑에 사는 이 처사가 말한 "소가 되더라도 콧구멍이 없는 소가 되어야지"의 뜻이 무엇인가에 대한 제자 원규의 질문을 받고 큰 깨달음을 얻었습니다.

이후 수행을 계속해 마침내 그는 근세 한국 선불교의 큰 산으로 우뚝 섰습니다.

이처럼 진리의 소를 찾아 그는 '길 없는 길'을 다니면서 온갖 기행으로 무애행을 실천하였습니다. 그런 가운데 수월·혜월·만공·한암 등 근세 한국불교의 선맥을 이은 큰스님들을 배출하였습니다. 청계사는 바로 그런 선사들을 배출하게 한 원류입니다.

성행 청계사 주지스님과 함께 한국불교의 당면과제와 세상사에 관해 이야기를 나누었습니다. 그러나 우리가 제기하는 문제들에 대한 정답을 발견하기는 쉽지 않습니다. 지난날 경허 스님이 생사 해탈의 진리를 찾아 '길 없는 길'을 떠났듯이 앞으로 우리도 그것에 가까운 답을 찾으려 끝없이 같은 길을 가야 할 것 같습니다. 공부는 정말 끝이 없습니다.

05 사람의 마음속에
극락과 지옥이 있다

아침 일찍 하동 쌍계사와 칠불사를 방문하기 위해 서둘러 집을 나섰습니다. 손끝이 약간 시린 느낌조차 드는 늦가을의 찬 공기를 맞으며 KTX를 탔습니다.

구례구역에서 내려 하동으로 이동할 때 차창 밖을 보니 여러 색깔의 단풍으로 물든 산야의 모습이 참으로 아름다웠습니다. 연속으로 "절경이구나" 하는 감탄을 하며 가다 보니 어느새 쌍계사에 도착했습니다.

영담 주지스님의 안내로 쌍계사의 경내를 돌아보았습니다. 8세기 통일신라시대에 창건된 이 절은 국보와 보물 등 민족정신의 정수를 담은 문화재를 많이 가지고 있습니다. 쉼 없이 물이 흐르는 양쪽 계곡의 중앙지점에 지어진 가람은 아름다운 삼신산의 자연경관에 어울리게 오밀조밀하게 잘 배치되어 있었습니다. 우리 선조들의 심미안이 정말 대단하다는 것을 느꼈습니다.

경내를 돌고 난 후 주지스님 방에서 차담을 하였습니다. 영담 스님께서는 쌍계사의 차밭에서 자란 한국 최고의 차를 끓여 주었습니다. 쌍계사는 우리나라에서 처음으로 차를 재배한 곳입니다. 대나무 잎에서 떨어진 이슬을 머금고 자란 찻잎으로 만든 죽로차의 향긋한 맛을 음미하며 고뇌에 찬 우리의 삶을 얘기했습니다.

이 과정에서 같이 갔던 일행 한 분이 "극락이나 지옥이 실제로 있는가?"를 주지스님께 물었습니다. 인간의 사후세계에 대한 불경의 설명에 분명히 그것들이 있다고 스님께서 말씀하셨습니다.

또 "우리가 살아가면서 마음이 몹시 편하면 극락이고, 마음이 아주 불편하면 지옥이다."라고 설파하셨습니다. 사람들의 마음속에 극락과 지옥이 있다는 것입니다.

눈에 보이지도 않고, 깊이도 알 수 없는 그 마음을 잘 조절하는 것이 삶의 행복을 결정하는 원천이 된다는 것입니다. 우리의 마음속에서 끊임없이 솟아나는, 불행의 원천인 욕심이라는 마귀를 능숙하게 다스리는 것이 정말 중요하다는 것을 다시 한번 깨달았습니다.

쌍계사에서 맛있게 점심을 먹고, 칠불사로 갔습니다. 김수로왕의 일곱 왕자가 이곳에서 2년간 수도를 해서 모두 성불했다고 합니다. 지리산 해발 800미터 고지에 있는 칠불사는 아자방으로 유명한데, 해체 복원공사가 한창이었습니다. 방문을 활짝 열어 절 아래 펼

쳐진 환상적인 경치를 감상하면서 오랜 인연을 가졌던 도응 주지스님과 차담을 나누었습니다. 돌아오는 길에 쌍계사 주변에 있는 차 시배지를 자세히 둘러보았습니다.

그 후 대하소설 《토지》의 배경이 된 악양면 평사리에 있는 최 참판댁을 방문하여 작가 박경리의 문학적 토대를 다시 생각하였습니다. 그녀는 《토지》의 서문에서 이 소설을 쓰는 자신의 삶을 "외줄을 타고 절벽을 오르는 것 같았다."라며, "어떤 때는 너무 힘들어서 그 밧줄 잡은 손을 놓아버릴까 하는 생각을 했다."라고 적었습니다. 그녀는 이런 고통스러운 삶을 마음속에서 충분히 발효하여 한국문학 사상 가장 빛나는 성취를 이루었습니다.

어둠이 깔리자 유유히 흐르는 섬진강변의 식당에서 참게탕을 먹었습니다. 먼길을 다니느라 시장하기도 했지만, 음식이 매우 정갈하고 맛도 참 좋았습니다. 눈으로 아름다운 경치를 즐기고, 귀로 스님의 유익한 말씀을 들으며, 입으로 맛있는 음식을 먹는 오늘이 바로 행복한 날이라는 생각이 절로 났습니다. 정말로 사람들의 마음속에 극락과 지옥이 있습니다.

06 고통을 통한 환희

《터무니》라는 시집(서정시학 발간)을 낸 유안진 시인이 최근 조선일보 인터뷰를 통해 "지옥을 안 살고 어찌 극락에 가겠습니까?"라는 말을 했습니다. 신문에 난 시인의 말을 보는 순간 만고풍상(萬古風霜)을 겪으며 지금까지 살아온 저는 고개가 절로 끄떡거려졌습니다.

살다 보면 우리는 온갖 종류의 고난을 시시각각 당면하게 됩니다. 그럴 땐 '나만 이렇게 힘들게 살고있나' 하는 생각이 들 때가 있습니다. 그러나 고난은 부자와 권력자 등 상황을 가리지 않고 누구에게나 예외 없이 다가옵니다. 다만 한 개인이 특정 시기에 짊어진 고난의 무게가 다를 뿐입니다.

이렇듯 살아가면서 어차피 겪어야 할 고난이라면 이제 이에 대한 우리의 철학을 제대로 확립하여 몸과 마음을 단단히 다잡는 것이 행복을 위해 필요합니다.

우선 어떤 고난이 와도 내가 기꺼이 즐겁게 지고 가겠다는 마음을 가지는 것이 좋겠습니다. 이와 함께 고난이 준 교훈을 잘 찾아 거

질게 다가오는 향후 행로의 지침으로 삼는 것이 필요하다고 봅니다.

마지막으로 어느 날 찾아오는 고난을 '참고 견디며 기다리는' 인
내의 시간을 갖고, 행복이라는 목표를 향해 끊임없이 전진하는 것
입니다. 그러면 어느 순간 메마른 사막이 끝나고 물과 꿀이 흐르는
오아시스를 만날 것입니다. 여기서 잠시 쉬면서 에너지를 충전한 후
죽음이 우리를 찾아올 때까지 다시 사막을 건너갑니다. 수많은 고
난 속에서 짧은 기쁨을 찾아가는 것이 인생입니다.

그래서 이 고해를 건너지 않고 행복이 넘치는 피안에 이른다는
것은 불가능합니다. 정용철 시인은 〈무지개 선 곳에 비가 내린다〉라
는 시에서 '비'라는 고난이 있기에 '무지개'라는 화려한 광경이 연출
된다고 설파했습니다.

우리의 삶을 이끄는 정신적 이념은 귀머거리가 되었는데도 세계
인의 감성을 자극하는 위대한 음악을 낳은 악성 베토벤의 예술정신
을 상징하는 '고통을 통한 환희'인 것 같습니다.

고난의 시절에도 늘 건승하시기 바랍니다.

07 꽃의 향연을 보는 행복

오랜만에 성북천을 걸었습니다. 비가 온 뒤라 나무와 풀은 아주 무성하고, 꽃들은 생기를 머금고 저마다 아름다움을 뽐내고 있었습니다. 아! 맑은 물이 졸졸졸 흐르는 냇가에 꽃의 향연이 펼쳐지고 있었습니다.

이렇게 환상적인 6월의 천변 풍경을 느긋하게 완상하면서 산책하니 참 기분이 좋았습니다. 이따금 유튜브로 방송한 제 노래도 듣고, 좋은 풍경이 눈에 들어오면 휴대폰으로 사진도 찍으며 천천히 걷는 여유를 누렸습니다.

몸이 건강하고, 마음에 걸림이 없는데다 길가의 아름다운 풍경을 즐기니 행복감이 절로 솟아났습니다. 살아가면서 느끼는 바이지만 아주 큰 것을 성취해야만 행복한 것은 아닙니다. 소소한 일상의 작은 기쁨이 행복의 원천이 되는 것 같습니다. 작은 것을 쌓아 큰 것을 만드는 생활의 지혜를 다시 생각해 볼 때입니다. 규칙적인 운동과 명상으로 늘 건승하시기 바랍니다.

08 오랜만에 보는 달

성북천을 걷기 위해 집을 나서다 하늘에 걸린 달을 보았습니다. 지난 몇 년 간 바쁘게 지내다 보니 달을 보며 감상할 여유가 없었습니다. 그러나 환하게 밝은 저 달을 보면서 가슴 한편에 그동안 억눌려 있었던 낭만적 상상이 갑자기 떠올랐습니다. 걷기를 마치고 집에 도착해서 달에 관한 시를 검색하다 제 마음에 드는 시 한 편을 골랐습니다.

이원수의 〈달〉이라는 시입니다.

달

너도 보이지
오리나무 잎사귀에 흩어져 앉아
바람에 몸 흔들며 춤추는 달이.

너도 들리지
시냇물에 반짝반짝 은부스러기

흘러가며 조잘거리는 달의 노래가.

그래도 그래도
너는 모른다
둥그런 저 달을 온통 네 품에
안겨 주고 싶어 하는
나의 마음은.

어지러운 세상, 하루하루 지내시기 힘드실 것입니다. 이럴수록
좋은 마음으로 여유를 가지고 건강하게 잘 지내시기 바랍니다.

09 인생무상 人生無常

어릴 때 한 동네 옆집에 살았던 고향 후배가 사망했다는 비보를 듣고 국립중앙의료원 장례식장에 다녀왔습니다. 그는 저의 초등학교와 중학교 한 해 후배로 서울에서 공고를 졸업하고 직장생활을 착실히 하다 사업가로 변신했습니다.

사업가 집안의 막내로 태어난 그는 경영 능력이 남달랐습니다. 중국에 오래 있으면서 다른 분의 사업을 성공시킨 후 비교적 늦게 시작한 자신의 사업도 순항시켰습니다. 그의 성실한 노력으로 중국에 공장 1개, 인도네시아에 공장 3개, 미국에 2개의 공장을 가진 중견 기업가로 자리를 잡았습니다.

그는 작년 하반기부터 인도네시아 자카르타에 새로 짓고 있는 공장의 체계적 관리를 위해 인도네시아로 갔습니다. 그러다가 현지에서 코로나 바이러스에 걸려 최근 국립중앙의료원으로 이송돼 치료를 받다 하늘나라로 갔습니다.

오랫동안 그가 해외 생활을 하는 바람에 우리는 자주 만나지는 못했습니다. 그러나 귀국하면 이따금 연락하며 정을 주고받았습니다. 그가 코로나 바이러스에 감염되어 이승을 떠나자 저는 새삼 삶과 죽음의 거리가 그렇게 멀지 않다는 것을 실감했습니다.

요즘 제 주변의 아는 사람들이 세상을 떠났다는 통보를 자주 받다 보니까 부쩍 그런 생각이 듭니다. 특히, 그의 갑작스러운 부재로 인해 특별히 인생무상(人生無常)을 느낍니다. 우리가 살아가면서 추구하는 권력, 돈, 명예라는 것도 산자의 장식물이지, 죽은 자에게 무슨 소용이 있나 하는 생각이 듭니다.

좋은 생각으로 살면서 이웃 간에 서로 안타까이 여기는 마음의 공동체가 정말 그리워지는 밤입니다.

10 모처럼 저녁 나들이를
다녀왔습니다

요즘 독서와 집필에 전념하느라 가능한 외출을 자제하고 있습니다. 특히 저녁에는 거의 집 밖으로 나가지 않는 편입니다.

오래전에 계획된 송년 모임에 참석하기 위해 오랜만에 시내로 나갔습니다. 찬바람이 불어 한기가 온몸에 느껴집니다. 연말 분위기를 풍기는 조명과 갖가지 장식이 길을 가는 이의 발걸음을 사로잡습니다. 벌써 한 해가 다 갔구나 하는 생각이 들자 세월의 무상함을 실감합니다.

슬며시 다가오는 그런 우울한 감정을 추스리면서 빠른 걸음으로 모임에 참석하였습니다. 벌써 남경주, 홍지민 등 유명한 뮤지컬 배우들의 공연이 시작되었습니다. 우리나라 최고의 뮤지컬 배우들이 정성껏 부르는 노래를 즐기면서 박수와 환호성으로 응답하였습니다. 역시 노래는 사람의 감성에 가장 큰 울림을 주는 비타민 같은 존재입니다.

코로나 바이러스로 심신이 지친 여러분도 이렇게 좋은 노래를

175

들을 기회를 가졌으면 좋겠습니다. 혹 그런 노래를 직접 들을 기회가 없다면 유튜브나 음반 등으로 노래를 들으면서 팽팽하게 당겨진 활시위처럼 긴장된 삶을 완화하는 여유의 공간을 남기시기 바랍니다.

11 자연의 순리

밤하늘에 걸려 있는 반달이 유난히 빛나는 저녁 성북천 변을 따라 좀 걸었습니다. 찬 공기가 섞인 강한 바람으로 인해 상당히 추위를 느꼈습니다. 아침과 저녁에는 이렇게 찬 기운이 완연해지면서 우리는 계절의 변화를 실감합니다. 여름 내내 푸른 색깔로 장식된 성북천의 나무, 담쟁이넝쿨, 그리고 풀들이 노란색으로 서서히 변하고 있었습니다. 시간이 좀 더 흐르게 되면 누렇게 변한 잎사귀들은 미련 없이 땅에 떨어질 것입니다. 그리고 잎을 버린 나무와 초목들은 긴 겨울 동안 다음에 오는 봄을 다시 맞이할 준비를 할 것입니다.

이렇듯 자연은 시간의 흐름에 따라 변신하고 있습니다. 자연의 일부인 우리 인간도 이렇게 하는 것이 순리입니다. 그런데도 우리 인간의 역사에는 이런 순리를 따르지 않고 거슬러 가려는 역리의 흐름이 종종 있습니다.

특히, 권력을 가진 사람들에게서 그런 경향을 많이 볼 수 있습니다. 그러나 아무리 막강한 권력을 가진 정권이라도 그 시작이 있으면 끝이 있습니다.

그들이 그런 무리한 일을 하는 것은 아마도 많은 이익을 주는 그 자리에 오랫동안 머물고 싶은 욕심 때문인 것 같습니다. 그들의 그런 어리석은 마음과 악행으로 인해 수많은 사람이 고통을 당하는 것은 불문가지입니다.

역사적으로 보면 순리에 따르지 않는 사람과 집단들은 처음에는 잠시 성공하는 것처럼 보이지만 끝내 비참한 결말을 맞게 됩니다. 아! 하늘의 그물은 엉성한 것 같지만 놓치는 일이 없습니다. 이런 사실을 꼭 명심하시기 바랍니다.

따스한 햇볕이 비치는 창가에 서서

12 건강은 건강할 때

오늘은 제가 10년 넘게 모시고 있는 장모님의 진료를 위해 방문 간호사가 집에 다녀갔습니다. 장모님은 허리와 다리가 아파 오랫동안 침대에 누워 계셨습니다. 요즘은 혼자 움직일 수도 없습니다. 거기에 패혈증 등 여러 병을 앓게 되어 상태가 좋지 않습니다. 그래서 근간에는 집 인근의 고대병원, 서울대병원, 백병원을 오가며 입원과 퇴원을 반복하고 있습니다.

올해 초까지는 집사람이 장모님의 병간호를 전담했습니다. 그러다 시간이 갈수록 장모님의 건강은 더욱 악화되었으며, 집사람의 컨디션 또한 매우 안 좋아졌습니다. 급기야 간병의 스트레스를 견뎌내지 못할 상황이 되었습니다. 그래서 이전에는 하루에 세 시간 간병해 주는 분을, 지난주부터는 24시간 간병하는 분을 집에 모시고 있습니다. 그런데도 간병인이 관리할 수 없는 간호와 긴급사태를 대비하기 위해 일주일에 두 번 방문간호사가 집으로 옵니다.

제가 오랫동안 장모님을 집에서 모시면서 느낀 것은 건강한 노

후생활의 중요성입니다. 나이 들어 건강하려면 젊은 시절부터 규칙적으로 운동하고, 병원 정기검진을 받는 등 노력이 필요하다고 봅니다. 다시 말씀드려 건강은 건강할 때 지켜야 합니다.

저는 요즘 운동을 많이 합니다. 아침에 일어나서 108배를 하고, 저녁에는 걷기를 합니다. 오늘도 집사람과 함께 비를 맞으며 아름다운 꽃이 만개하고, 맑은 물이 졸졸 흐르는 성북천을 걸었습니다. 열심히 운동하셔서 늘 건강하고, 행복한 나날 영위하시기 바랍니다.

13 날이 갈수록 더욱 새로워짐

평소 잘 알고 있는 김 회장님과 서울지방경찰청 뒤편 한식집 '예조'에서 점심을 먹었습니다. 오랜만에 만나 그동안 밀린 얘기를 하며 음식을 먹다보니 방 안에 있는 것들이 제대로 눈에 들어오지 않았습니다. 그러다 물을 마시는 틈에 은연중 벽을 바라보니 멋진 서예 작품이 보였습니다. 자연스럽게 누가 쓴 글씨이며, 그 내용이 무엇인지를 자세히 보게 되었습니다.

'운정'이라는 낙관을 보자 김종필 전 총리가 쓴 서예 작품이라는 것을 알 수 있었습니다. 음식을 서빙하는 주인을 불러 저 작품이 언제부터 이곳에 걸려 있었는지 물어보았습니다. 그분의 설명에 의하면 이 집의 전신인 '연백'에 자주 다니던 김 총리가 1988년 서울올림픽 개최되던 해에 그 음식점 주인에게 써준 글씨라고 합니다.

"일상월하 일일우신(해가 떠오르고 달이 지니 날이 갈수록 새로워지자)"이라는 글귀가 굉장히 마음에 들었습니다.

그 글씨에 나오는 '일상월하'는 오늘날 일본 임제종의 아버지라

불리는 유명한 백운선사(1685-1768)의 선시(日上月下 山深水寒, 해가 뜨면 달이 지고, 산이 깊으면 물이 차네)에 나오는 말입니다. 해와 달의 교차로 생기는 시간의 흐름을 절묘하게 포착한 시입니다.

또한 '일일우신'은 사서삼경 중의 하나인《대학(大學)》에 나오는 '일신우일신(日新又日新, 날이 갈수록 새로워짐)'의 줄임말입니다. 이는 원래 중국 은나라 시조 성탕 임금이 대야에 새겨놓고 좌우명으로 삼았던 글귀라 합니다.

개인은 물론 사회나 국가도 날로 새로워지지 않으면 퇴보하는 것입니다.

지금 우리는 100년과 1000년의 변화가 동시에 일어나는 복합 세기 초에 살고 있습니다. 이처럼 소중한 시기에 다음 백 년과 천 년을 이어갈 큰 그림을 잘 그려야 합니다. 그런 의미에서 이런 문명의 대전환기에 우리나라가 세계를 이끄는 일류 선진국으로 다시 도약하려면 우리의 시관을 미래에 두고, 과거의 낡은 관습과 문화, 잘못된 제도를 크게 쇄신해야 합니다.

사리가 이러함에도 이런 움직임을 선도해야 할 책임이 있는 정치인들이 자꾸 과거로 회귀하고 있습니다. 여러 선진국은 현재 진행 중인 AI 등 4차 산업혁명을 어떻게 잘 관리하고, 이를 넘어 다음 세상을 이끌어가는 데 필요한 제도적 변화나 의식혁명 등 필요한 조치들을 강구하는데 여념이 없습니다. 이러다가 그동안 피땀 흘려 어렵게 선진국 문턱을 넘어선 우리나라가 다시 후진국으로 추락할까 걱정이 됩니다. 이제 저를 비롯한 모든 분이 일신우일신(日新又日新)의 자세로 매진해야 하겠습니다.

14 장미의 계절

엊그제 아는 분과 점심을 끝내고 버스를 타고 오다 혜화동 로터리에서 내렸습니다. 날씨가 화창했고, 살랑살랑 불어오는 바람을 맞으며 걷는 기분이 정말 좋았습니다. 약간 들뜬 마음으로 집으로 가다가 어느 집 담장에 화려하게 피어있는 장미꽃을 우연히 보았습니다. 너무 아름다워 눈을 뗄 수가 없었습니다. 더구나 은은하게 퍼지는 향기도 청춘의 낭만을 잃어버린 지 오래된 장년의 마음을 흔들어 놓을 정도였습니다.

만개한 장미를 보면서 요즘 코로나 바이러스나 어지러운 정치경제적 상황으로 인해 단속적으로 다가오곤 하는 우울한 느낌이 잠시나마 멀리 도망가는 듯합니다. 얼마 남지 않는 계절의 여왕 5월은 장미가 그 대미를 우아하게 장식하고 있습니다.

갑자기 대학 시절 자주 불렀던 사월과 오월의 〈장미〉라는 노래가 떠올랐습니다. 향기로운 꽃내음이 잠자는 나를 깨울 정도라는 이 노래의 가사처럼 세상이 아름다웠으면 얼마나 좋을까 하는 생각이 듭니다. 그러다가 탐욕과 거짓이 난무하는 어지러운 현실이 장미

의 가시처럼 다가오면서 이런 생각이 정말 부질없구나 하는 절망도
하게 됩니다.

우리가 장미꽃이 아름답게 핀 정원처럼 살만한 가치가 있는 좋
은 세상을 만들려는 노력을 계속하다 보면 꼭 이루어지리라 확신합
니다.

189

15 긍정의 힘

계절의 여왕 5월답게 화창한 봄 날씨가 몹시 상쾌하고 아름답게 느껴집니다. 이렇게 좋은 날 이명박 정부 초기 차관을 같이한 신각수 전 주일대사를 만나 점심을 같이했습니다. 식사를 하면서 제가 평소 관심을 가졌던 문명사와 대중가요의 정치사회학을 비롯해 현 시국에 대한 평가 등 다양한 주제로 많은 얘기를 했습니다.

충북 영동의 교육자 집안에서 자라 한국 사회가 준 기회의 사다리를 타고 세상 인정할 정도로 성공하기까지 이어온 그분의 삶의 스토리를 들으면서 저는 많은 깨달음을 얻었습니다. 특히 세상을 긍정적으로 보고, 끊임없이 노력하는 것이 대단히 중요하다고 생각했습니다. 앞으로 더 자주 만나 얘기하기로 하고 떨어지지 않는 발걸음으로 집에 왔습니다.

인류의 고전이자 유학의 사서삼경 중의 하나인 《논어(論語)》〈학이편(學而篇)〉에서 공자님은 "뜻이 맞는 좋은 친구가 스스로 찾아오니 기쁘지 아니한가?"라는 말을 했습니다. 저도 오늘 좋은 사람을 만나는 즐거움을 실감했습니다.

16 재탄생의 희망

분주한 평소의 일상과는 달리 지난 한 달 동안 사람을 많이 만나거나 전화하지 않고 비교적 조용하게 보냈습니다. 그런 가운데 기도와 독서 그리고 사색을 통해 인생과 정치의 의미를 끊임없이 반추하는 시간을 가졌습니다. 그러는 사이에 봄은 오고, 찬란한 봄을 알리는 꽃은 강산에 만발하였습니다. 처음에는 개나리와 벚꽃의 향연이었다가, 지금은 라일락꽃과 진달래꽃이 아름다운 자태를 뽐내고 있습니다.

그리고 조금 있으면 한 시절 우리의 찬탄을 자아내었던 화려한 꽃은 곧 질 것입니다. 그런데 더욱 흥미로운 것은 먼저 핀 꽃이 지는 시간에 다른 꽃들이 필 준비를 하거나 이미 피었다는 것입니다. 꽃은 시절인연에 따라 이렇게 피고 집니다.

이렇듯 자연을 포함한 우리는 모두 태어나는 순간 바로 소멸을 향해 달려갑니다. 아! 탄생과 성숙, 그리고 소멸의 끊임없는 순환 속에서 우리들의 찬란한 봄날은 화려하게 왔다가 허무하게 갑니다. 그러므로 인간은 우주의 일부인 지구라는 아주 작은 곳에 짧은 시간의 흐름 속에 잠시 왔다 가는 존재입니다. 이곳에 사는 우리가 영원히 나의 소유라고 주장할 만한 것은 없습니다.

이런 자연의 섭리와 세상의 이치를 제대로 알아야 성공하는 삶을 영위할 수 있습니다. 그래서 한때 시절인연이 좋아 세상을 호령할 힘을 가지게 된 사람들이나 인기를 한몸에 받은 분들은 그것조차 곧 사라진다는 것을 의식하고 더욱 겸손하게 처신해야 합니다.

눈을 들어 세상을 살펴보니 요즘 그렇게 겸허한 자세로 사는 분들을 발견하기 쉽지는 않습니다. 그런 경지에 이르기가 그만큼 어렵다고 봅니다.

다시 한번 옷깃을 여미며 나를 돌아봅니다. 저도 이번 기회에 이런 반성과 참회의 시간을 거쳐 인격적으로 제대로 자리를 잡은 사람으로 재탄생하기를 희망해 봅니다.

PART 06

회상

01 바닷가의 추억

맴~맴맴

매미 소리가 요란한 요즘 한여름의 무더위가 절정에 이른 것 같습니다. 기상예보에 의하면 오늘 서울 날씨가 36도나 된다고 합니다. 많은 사람이 산이나 바다로 피서를 하러 가고 있습니다. 그리고 시간이 있고, 주머니 사정이 좀 여유 있는 분들은 코로나가 유행하지만 해외로 나가고 있습니다.

이런 일반적인 분위기와 달리 여러 가지 이유로 저는 오랜 기간 피서를 가지 못했습니다. 이번 여름도 피서를 가지 못할 사정이 생겨 불볕더위 속의 도시에 머무르고 있습니다. 매미의 울음소리를 들으며 잠시 눈을 감으니 어릴 적 생각이 나면서 추억 속으로 빠져듭니다.

제가 자란 경남 남해군 상주면 상주리는 고운 은모래 비치와 그를 둘러싼 울창한 소나무 방풍림, 그리고 알맞은 수온 등으로 전국적으로 유명한 상주해수욕장이 있습니다. 소년 시절을 떠올리면 주마등처럼 흘러가는 해수욕장의 추억이 저를 방긋 웃음지으며 머리와 가슴을 맑은 수채화처럼 아름답게 채색해 버립니다.

대중적 빈곤이 만연하던 1960년대 초반까지는 남해 상주해수욕장을 찾는 사람들이 별로 없었습니다. 그러다가 1960년대 중반경 부산수산대 전지훈련장으로 이곳이 지정되면서 차츰 사람들이 많이 왔습니다.

아마도 급속한 경제성장과 함께 소득이 늘어나고, 휴가에 대한 개념이 우리 사회에 자리를 잡기 시작하면서 이런 현상이 생긴 것 같습니다. 그리고 1970년대 초반부터는 놀랄 만큼 많은 사람들이 다녀갔습니다.

초등학교와 중학교를 이곳 상주해수욕장 옆에서 다닌 저는 어릴 때 수영복도 입지 않고 알몸으로 상주 바다에서 수영을 했습니다. 그러다 나이가 조금 들면서 평상복을 그대로 입고 해수욕을 했습니다.

이런 초라한 우리들의 모습과 다르게 여객선이나 버스를 타고 도시에서 온 젊고 아름다운 청춘남녀들의 화려하고 도발적인 옷차림은 저의 호기심을 자극하였고 경이롭게 보이기까지 했습니다.

백사장에 캠프파이어를 하면서 기타 치고 춤을 추며 노래를 부르는 그들의 모습이 참으로 인상적이었습니다. 특히 고교시절 부산에서 남해로 오는 여객선을 타면 대부분 상주해수욕장으로 가는 피서객들입니다. 그들이 여객선 상판에서나 상주해수욕장에서 〈해변으로 가요〉〈바닷가의 추억〉〈사랑해〉 등 그 당시 인기 있었던 노래를 즐겁게 부르는 모습이 지금도 제 눈에 선합니다. 아련한 추억이 되살아나지만 대학 입학 이후 행정고시 준비와 공직으로 인해 여유가 없었던 시간들은 지금까지 추억 속으로 빠지게 합니다.

섬에서 나고 자란 섬 소년. 여름철이면 바다에서 살았던 물개 같은 마린보이가 나이가 들면서 이제 그 바다, 그 해수욕장과 멀어졌습니다.

투명한 바닷물 위로 번지는 영롱한 햇살의 반짝임.
시간이 지나도 지워지지 않는 마음속 보석입니다.

몸은 비록 도시 콘크리트 건물 숲에서 지내지만 마음은 남해 상주해수욕장에서의 아름다운 추억 속에 있습니다. 바쁘게 지내는 도시의 삶을 지탱하게 하는 그리운 추억의 상주! 상주의 추억이 있어 견디는 것 같습니다. 아!~ 어린 날의 그리움이여!

02 어버이날에 돌아가신 양친을 다시 생각합니다

오늘은 어버이날입니다. 제 양친 두 분 다 돌아가신 지 오래되었습니다. 아버님은 1975년, 어머님은 1985년에 저세상으로 가셨습니다.

4대 독자로 태어난 아버지는 할아버지와 할머니가 일찍 돌아가시는 바람에 재산관리를 잘못하여 가난의 늪에서 평생 헤어나지 못했습니다. 인자하긴 하지만 무능한 가장으로 지내게 될 때 생기는 여러 어려움을 제가 60세가 넘고 온갖 풍상을 겪은 이제야 어렴풋이 깨닫게 됩니다.

아버지가 일제강점기 일본에서 노동자로 일할 때 어머니의 삶은 참으로 가시밭길의 연속이었습니다. 해방 후 한국으로 귀환했으나 흉년으로 누나 둘이 아사하고, 형제 둘은 초등학교에 가지 못했습니다. 그런 척박한 환경 속에서도 어머님을 비롯한 온 가족들이 힘을 합쳐 저를 대학원에 다니도록 해 주고, 행정고시를 합격할 때까지 지원해 주셨습니다. 지금까지 이룬 저의 작은 성취는 어머님, 아버님 등 가족의 희생과 헌신 속에서 이루어졌습니다.

어버이날을 맞아 새삼 고마운 마음이 듭니다. 감사합니다.

03 낙엽을 밟으며

제법 강하게 불어오는 쌀쌀한 늦가을 바람에 낙엽이 우수수 떨어집니다. 땅에는 이미 떨어진 낙엽이 지천이라 잎이 얼마 남지 않는 나무는 곧 옷을 다 벗을 것 같습니다. 나뭇잎 떨어지는 광경을 보노라니 이미 저 멀리 가버린 추억의 편린들이 춤을 추며 다가옵니다.

수십 년 전 대학 1학년 시절 이때쯤 쓸쓸함을 많이 느낄 때였습니다. 오후 수업이 다 끝난 만추의 텅 빈 캠퍼스 벤치에 홀로 앉아 이런저런 상념을 하고 있을 때 대학방송국에서 틀어준 김정호의 〈날이 갈수록〉을 듣고 눈물을 흘린 적이 있습니다.

그 몇 년 후 낙엽이 쌓인 사찰 주변을 하염없이 걸으며 고시공부의 스트레스를 해소하기 위해 유행가를 쉼 없이 몇 시간 불렀던 적도 있습니다. 공직생활 중 유배 비슷한 처지에 있을 때 다시 재기할 수 있을까 회의하면서 낙엽이 떨어진 산길을 오래도록 걸었습니다.

세월이 지나서 다시 되돌아보니 기쁨과 슬픔이 교차하는 그 시절의 추억 하나하나가 다 아름답게 채색됩니다. 그리고 파노라마처럼

흘러가는 추억 속에 담긴 일들이 선명하게 떠오릅니다. 그때 그 사람들이 내게 말한 것들이, 심지어 내가 그들에게 했던 말들도 이제 시적인 감흥을 줍니다.

아! 가을의 끝자락에 서니 세월의 풍화작용에 마모되어 무디어졌던 감성이 다시 살아납니다.

차가운 공기와 빛바랜 갈색의 만추.

이 계절은 우리 모두를 시인으로, 혹은 절창의 가수로 만드는 것 같습니다.

04 낙산을 걸으며

오늘 저녁 낙산공원을 다녀왔습니다. 산책하기 편하도록 잘 다듬은 공원을 걷는 기쁨이 마음속에 깊숙이 배여 절로 웃음이 났습니다. 여기저기서 솔솔 불어오는 바람은 싱그럽고, 상쾌했습니다. 아직 푸른 기운이 남아 있는 나무 사이로 난 등산로를 빠른 속도로 걸었습니다. 이마와 등에 땀이 났습니다. 이윽고 도달한 낙산 정상에서 바라본 서울시내 야경이 참 아름다웠습니다.

갑자기 초등학교 6학년 때 부산으로 수학여행을 갔을 때 영도에서 바라본 용두산공원과 휘황찬란한 네온사인이 연출하는 부산의 화려한 야경이 생각났습니다. 또한, 중학교 2학년 서울 수학여행 때 남산에서 중앙청을 볼 때 눈앞에 전개된 아름다운 서울의 야경이 머릿속에 맴돌았습니다. 추억은 아름답다는 말이 있습니다. 한때 어린 마음을 들뜨게 했던 수학여행, 당시의 아름다운 추억을 회상하면서 낙산을 걷는 기분이 참으로 좋았습니다.

집에 와서 샤워를 한 후 찬물 한 잔을 마시니 행복이 배가 됩니다.

코로나 바이러스 때문에 집에 웅크려 지내며 생긴 스트레스가 확 사라집니다. 행복은 막연하거나 먼 곳에 있지 않는 것 같습니다. 오히려 우리들의 사소한 일상 속에 소소하게 얻게 되는 만족이야말로 행복에 이르는 길이라는 생각이 듭니다.

여러분! 오늘부터 당장 규칙적으로 운동하시면서 몸을 건강하게 하십시오. 몸이 튼튼하면 마음도 건강해집니다. 작은 일에 감사하면서, 몸과 마음이 건강하면 행복은 저절로 우리에게 찾아올 것입니다.

05 잊을 수 없는 배웅

오늘 아들과 어느 곳에 같이 갔다 오다 잠시 헤어질 때였습니다. 저는 잘 가라고 말하면서 코너를 돌아가는 아들이 보이지 않을 때까지 손을 흔들었습니다. 앞만 보고 걸어가다 잠시 뒤를 돌아본 아들도 저에게 손을 흔들며 들어가라고 손짓을 한 후에 제 갈 길을 계속 갑니다. 골목길 코너를 돌아선 아들이 이제 더 이상 보이지 않자 저도 비로소 손 흔드는 것을 멈추었습니다. 바로 그 순간 번개처럼 수십 년 전의 아주 특별한 이별 광경이 생각났습니다.

가난한 농부의 4남 1녀 중 막내로 태어난 저는 온 식구들의 헌신과 희생 위에 큰 도시로 유학을 떠났습니다. 유학비를 대주느라 온갖 고생을 감내하는 그들은 내가 잘 되기만을 바라고 있었습니다. 한마디로 저는 가난과 병고의 절망에서 허덕이는 집안의 희망을 상징하는 존재였습니다. 그래서 방학 등 여러 계기에 집으로 오면 정말 정성을 다해 따뜻하게 대해 주었습니다.

특히 내가 고향 집을 떠나려 하면 마을의 정류장에는 온 식구가 다 나왔습니다. 저를 태울 차가 오기 전까지 우리는 이런저런 얘기를

나눕니다. 그러다 차가 도착하면 배웅나온 우리 집 모든 식구가 그렇게 길지 않는 그 이별을 서러워합니다. 특히 사랑하는 막내를 떠나보내는 어머님의 눈에는 눈물이 그렁그렁 맺힙니다. 비포장도로를 달리는 버스가 출발하면서 일어나는 자욱한 먼지 회오리에도 불구하고 배웅나온 식구가 모두 일제히 손을 흔듭니다.

물론 저도 집으로 잘 들어가시라고 손을 흔들어 봅니다. 그리고 차가 출발한 시간이 조금 지나면 다른 식구들은 모두 손을 내렸는데, 제가 보이지 않을 때까지 손을 흔드는 어머니의 모습이 슬로비디오를 보는 것처럼 제 눈에 각인이 됩니다.

아! 이처럼 온 가족의 특별한 배웅을 받고 다시 객지로 떠나면서 저는 각오를 새로이 합니다. 그렇게 다진 마음으로 스스로를 추스르면서 험난한 세파를 이겨왔습니다.

오늘 저는 아들과 손을 흔들며 헤어지면서 청소년 시절에 있었던 가족들과 특이한 이별의식이 주는 의미를 다시 생각하게 됩니다. 아! 사랑하는 막내아들을 멀리 떠나보내는 어머님의 애틋한 정이 얼마나 지극했는가를 이제야 깨닫게 됩니다.

사실 우리 인생에서 만나는 것도 중요하지만, 그것 못지않게 헤어질 때 잘하는 것이 정말 중요합니다. 그러므로 여러 인연으로 만났던 사람들과 헤어질 때 그들이 오랫동안 기억할 수 있는 특별한 이별의 언어와 의식이 있는 것이 좋겠다는 생각이 들었습니다.

5월은 가정의 달입니다. 우리들을 행복하게 하는 데 무엇보다 소중한 것은 가족입니다. 긴 고난과 아주 짧은 기쁨으로 점철된 우리네 신산스러운 삶의 버팀목이 되어준 가족끼리 시간의 흐름에 풍화되지 않는 즐거운 추억들을 많이 공유하는 것이 우리들의 행복을 증진하는 데 좋다고 봅니다. 우리 모두 가족들이 그런 경험을 할 수 있도록 노력하는 것이 좋겠습니다.

표지 그림 및 내지 삽화
전완식
한성대학교 ICT디자인학부 교수
디지털 그래픽이며 인상주의적 표현과 색 속성을 활용하여
스토리가 지닌 인간애를 감성적으로 표현하기 위해 노력하였다.

■ 현직
- 한성대학교 ICT디자인학부 교수 / 융복합디자인학부장
- 한국은행 화폐도안자문위원
- (사)한국미술협회 이사, 설치미디어아트분과 부위원장
- 한성 게임 그래픽 페스티벌 조직위원장
- 국가미래연구원 연구위원
- 문화가꿈포럼 수석이사

■ 학력
홍익대학교 미술대학 및 산업대학원 졸업

■ 미술
- 국내외 개인전 30회 단체전 100여회

◎ 대표 작품
- 레오나르도 다빈치 '모나리자의 위치에 따른 형상 변화 신비'를 510년 만에 재현(시점에 따른 인체 변화, 거리에 따른 표정 변화 구현)
- 대한민국 7번째 대통령 인물화 작가(박정희 전 대통령, 박정희대통령기념관 소장, 우표제작 /문재인·트럼프 대통령 청와대 소장)
- 미국 행정/정책학 대학원 석,박사 과정 교과서에 작품 수록
- 백야 김좌진장군기념사업회(김좌진 장군)
- 'KOREA Renaissance Art' 선언 이후 제작된 '사의사색화'시리즈

김장실

현) 한국관광공사 사장

영남대 행정학과, 서울대 행정대학원(행정학 석사), 미국 하와이대 대학원(정치학 박사)

1979년 행정고시 합격 후 문화공보부, 대통령비서실, 국무조정실 국장, 문화체육관광부 제1차관, 예술의전당 사장, 제19대 국회의원, 여의도연구원 부원장 등을 역임. 문화예술종교 분야 전문 정치인.

국민이 편안하고 국가가 부강한 나라를 실현하기 위해 노력하고 있다. 이를 위해 첫 번째로 지도자와 지도층의 훌륭한 리더십이 있어야 하고, 두 번째로 우리 토양에 맞는 올바른 법과 제도의 제정이 필요하며, 세 번째로 선진강국의 영속성을 획득하기 위해 문화적 쇄신이 계속 있어야 한다는 정치철학을 가지고 있다. 다독가로 유명하며 대중가요문화 발전을 위해서도 힘을 쏟았다. 저서로는 《트롯의 부활: 가요로 쓴 한국현대사》(2021 조갑제닷컴)가 있다.

따스한 햇볕이 비치는 창가에 서서

글 김장실 | **발행인** 김윤태 | **교정** 김창현 | **발행처** 도서출판 선 | **북디자인** 화이트노트
등록번호 제15-201 | **등록일자** 1995년 3월 27일 | **초판 1쇄 발행** 2022년 12월 26일
주소 서울시 종로구 삼일대로 30길 23 비즈웰 427호 | **전화** 02-762-3335 | **전송** 02-762-3371

값 15,000원
ISBN 978-89-6312-622-7   03810